DREAMBOOKS★

DANTESS
ALPHADO
YOU CAN NOT SEE ME AGAIN- I AM THE ALPHADO.

신룡의 주인

태선 판타지 장편소설

FANTASYSTORY & ADVENTURE

4

dream books
드림북스

신룡의 주인 4

초판 1쇄 인쇄 / 2011년 12월 9일
초판 5쇄 발행 / 2016년 8월 4일

지은이 / 태선

발행인 / 오영배
책임편집 / 편집부
펴낸 곳 / (주)삼양출판사 · 드림북스

주소 / 서울특별시 강북구 도봉로 173
대표 전화 / 02-980-2112 팩스 / 02-983-0660
편집부 전화 / 02-980-2116
블로그 / blog.naver.com/dreambookss

등록번호 / 제9-00046호
등록일자 / 1999년 3월 11일

값 8,000원

ISBN 978-89-542-4578-4 (04810) / 978-89-542-4574-6 (세트)

* 지은이와 협의하에 인지는 생략합니다.
* 잘못된 책은 구입한 곳에서 바꾸어 드립니다.

신룡의 주인
태선 판타지 장편소설
FANTASYSTORY & ADVENTURE
4
dream books
드림북스

신룡의 주인

Contents

Chapter 1

아버지와 아들

1.

세상에서 뭐라고 떠들든 알테리온가의 무(武)에 대한 율법은 매우 엄격하다. 무(武)란 알테리온 가문의 근원이며 정신이다. 다른 공간과 다른 역사를 살아가며 다른 종교를 가진 가문이다. 뛰어난 무예가 아니었다면 진즉 흡수되거나 배척받았을 게 분명하다.

대륙에서 검을 쓰는 사람을 분류할 때 보통 검기를 사용할 수 있는 경지인 소드 유저부터 시작하지만, 알테리온 가문은 소드 마스터의 전 단계인 소드 익스퍼드부터 친다.

대륙에서 소드 익스퍼드를 구별하는 방법의 하나가 검으로 바위를 쪼갤 수 있는가이다. 보통 검으로 바위를 내리치면 검날만 상한다. 그러나 소드 익스퍼드의 경지에 이르면 검으로 바위를 내리쳐도 날은 상하지 않고 바위를 벨 수 있다.

마력으로 검에 기를 불어넣어 구체화할 수 있다는 증거였다.

알테리온 가문의 경우 그보다 한 술 더 떴다.

나뭇가지로 바위를 부술 수 있어야 했다.

철의 힘을 빌리지 않고, 오로지 자신의 검기만으로 바위를 쪼개지 못하면 소드 익스퍼드로 치지 않았다.

소드 익스퍼드는커녕 가장 기본 단계인 소드 유저조차 되지 못한 샨이었다.

"가능할 거라 보십니까?"

둘째 형, 에론의 질문에 아버지는 담뱃대에 불을 붙였다.

제국식으로 많은 부분이 개조, 증축된 집이었지만 내부 구조만큼은 어째서인지 동대륙식 그대로였다. 아버지는 동대륙에서 어렵게 수입한 병풍을 향해 연기를 내뱉었다. 병풍 그림의 폭포에는 검은색 용이 날아오르고 있었다.

"모르겠다."

"네?"

"보통이라면 불가능하다고 하겠지. 에론, 검에 대해 누구보다 깨우친 네놈도 익스퍼드까지 몇 년이나 걸렸지 않느냐. 그걸 고작 17일 안에 한다는 건 상식적으로 불가능하겠지."

"그러면 왜 모르겠다고 하시는 겁니까?"

"너는 저 아이가 검에 대해 어떤 마음으로 살아왔는지 아느냐?"

"무슨 말씀이신지 모르겠습니다."

둘째 에론은 솔직하게 대답했다.

아버지는 눈을 가늘게 뜨고는 창밖을 바라보았다.

"에론아, 너는 답지 않게 간식을 좋아하더구나."

그 말에 에론이 얼굴을 붉혔다.

"아, 네."

"그래도 집에 사탕은커녕 설탕도 없지. 쿠키를 구운 적도 없고, 빵도 잼 하나 바르는 일이 없잖니."

그나마 간식이라고는 리오 형이 즐겨 먹는 육포 정도였다. 결국 에론 형은 유년 시절 과자에 대한 욕구를 요리책으로 풀다가 국가에서 받은 첫 녹봉을 몽땅 부어 부엌을 개조했다.

"그리고 넌 생크림이 쌓인 모양만 보고도 맛을 알 수 있는 경지가 되었지."

"네. 부끄럽지만 그리되었습니다."

"사내답지 못한 취미라고 훈계하는 건 아니다. 다만 그동안 네가 읽은 책이 얼마나 많더냐. 수도로 나갈 때까지 얼마나 오랫동안 바라 왔겠나."

단순히 요리책으로 그치지 않고, 설탕의 질과 양, 벌꿀은 어느 지방이 가장 적당한지. 아이싱은 뭐로 하는 게 좋은지. 수십 번, 수백 번, 수만 번 생각해 왔다.

"부엌을 개조한 지 고작 일 년 만에 어지간한 수도의 파티시에를 따라가지 않았느냐."

"그건 당연한 거 아닙니까, 어릴 때부터 좋아했으니까요."

아버지는 딱 잘라 대답했다.

"샨도 그랬다. 아니 어쩌면 너희보다 바라 왔을지도 모른다. 너희가 수련한다고 연무장에 모일 때 샨이 침실에서 어떤 눈으로 바라봤는지 아느냐."

수련을 시작할 때부터 끝낼 때까지.

몸이 정말 나빠 책조차 읽지 못해도 형들이 연무장에 나간다면 그 모습을 바라보고 또 바라봤다. 움직임 하나 동작 하나까지 눈으로 보고 상상했다.

나라면 어떻게 행동했을까.

나라면 어떻게 대처했을까.

열에 들뜬 눈으로 한 번도 깜빡이지 않고 계속해서 열

망하고 또 열망했다. 손이 벌게질 정도로 창틀을 붙잡으며 계속해서 바라보았다.

"가솔들이 호신술을 배우는 날조차도 그 녀석은 창가에서 눈을 떼지 못했다. 그나마 몸이 낫고 나서 어떻게 했느냐."

검을 가르쳐 달라고 말했다. 그리고 마력을 쓰지 못하는 몸이 되었다는 걸 깨달았을 때 샨은 거의 일주일 동안 밥을 먹지 못했다. 그럼에도 포기하지 않았다.

바라는 걸 포기하지 않았다.

에론은 손끝으로 안경을 추어올렸다.

"그렇다고 해도 불가능하다는 건 변함이 없습니다."

"글쎄."

아버지는 담배 끝을 빙글빙글 돌렸다.

"역시 난 잘 모르겠다."

돌아오는 건 늘 같은 대답이었다.

2.

오랜만에 돌아온 방은 여전히 그대로였다. 주인이 멀리 가 있음에도 특별히 신경을 썼는지 책상은 반들반들 윤이

났다.

샨은 짐을 내려놓고는 의자에 앉았다. 아직도 화를 참고 있는지 속눈썹이 파르르 떨렸다. 티스는 그런 샨을 힐끔 바라보고는 담뱃대를 입에 물었다.

"그래서 어쩔 거야?"

샨이 대답했다.

"해야지."

티스는 나긋나긋한 목소리로 대답했다.

"쉬울까?"

"그렇다고 널 포기할 수는 없잖아."

"흐음."

티스는 침대에 그대로 누워 생각에 잠겼다. 처음부터 쉬울 거라고는 생각하지 않았다. 최악의 상황도 예상해 뒀다. 그러나 그 조건이 소드 익스퍼드라니.

"무가(武家)는 역시 무로 승부하는구나."

칼질로 말해요.

좋은 칼 놔두고 왜 입으로 해요.

……정도겠다.

하나같이 성질도 급하고 호전적이다. 그나마 차분한 편이라는 황실의 책사 에론 알테리온조차도 동생의 안위가 걸리면 본래 성격이 터져 나온다.

그럼에도 묘하게 균형이 맞았다.

샨에게 검에 대한 과제를 준 것 역시 같은 연장선으로 봐도 좋았다.

"차라리 말로 해야 하는 거라면 편했을 텐데."

티스는 붉은 입술로 연기를 내뱉었다.

샨이 대답했다.

"어찌 되었든 해낼 거야. 너도 율케스도 둘 다 익스퍼드 급이잖아?"

"우리가 몇 년 만에 된 건지 아냐?"

그런 식으로 계산하기 시작하면 답이 없다.

그때, 하녀가 문을 열고 들어왔다.

"막내 도련님 손님이 오셨습니다."

"손님?"

"율케스 란츠크네라더군요."

두 사람 모두 몸을 벌떡 일으켰다.

드디어 율케스가 도착했다.

이미 티스에게 질린 만큼 질린 형제들이라 그런지 율케스에게는 심문이 적었다. 무엇보다 검을 사용하는 게 분명한 굳은살 박인 손과 검을 잘 쓰는 게 분명한 걸음걸이, 거기다 검을 좋아하는 것 같은…… 검을…… 또 검을…….

대륙의 최연소 소드 마스터감이라느니 검성이라느니 하는 소문 때문에 어느 애새끼가 건방지게 그러나 하고 삐딱하게 보던 형들도 율케스의 절도 있는 인사에 두 팔 벌려 환영했다.

상반된 태도에 서운해할 줄 알았건만 의외로 티스는 담담했다.

처음부터 알고 있었다는 듯이.

율케스는 짐을 내려놓고는 여태까지 있었던 사정을 들었다.

"불가능하다."

그는 이렇게 첫마디를 시작했다. 예상했던 이야기이기에 샨은 고개만 끄덕였다.

"다들 그렇게 말하더라고."

"일평생 검을 수련해도 소드 익스퍼드의 경지를 가지 못한 자들이 수두룩하다. 그런데 고작 몇 주 만에 해내겠다고!"

샨이 눈을 감았다.

"해야지. 안 할 수 없잖아."

율케스는 머리를 벅벅 긁었다. 그러고는 티스를 향해 꿀밤을 때렸다.

"아얏!"

"아픈 줄은 아나? 잘못한 건 줄은 알아?"

"어쩌겠냐. 내가 치고 싶어서 친 것도 아닌데."

생각해 보면 율케스의 란츠크네 가문 역시 티스를 탐탁지 않게 생각하고 있었다. 다만 두 사람이 친우로 지내는 것을 그대로 둔 건, 그야말로 율케스는 내놓은 자식이었고 티스가 마물의 주인인 율케스를 상대로 유일한, 대등하게 우정을 유지할 수 있는 친구였기 때문이다. 거기다가 율케스가 어디서 암살자에게 칼 맞아 죽을 녀석도 아니다. 그러나 샨은 사정이 다르다.

율케스는 작게 한숨을 내쉬었다.

"내가 도울 수 있는 일이 뭐지?"

샨이 열쇠를 빙그르르 돌렸다.

장남만이 열 수 있다는 알테리온가 지하 비고의 열쇠였다.

3.

알테리온가 지하 비고라고 한다면 뭔가 비밀 함정이 설치되어 있다든가, 아니면 파수꾼이 24시간 철저하게 감시한다든가 하는 걸 상상하곤 한다. 그러나 사실 별거 없었다.

수련장이 딸려 있는 평범한 서재고, 소장된 책들도 평범한 종이에 잉크를 찍어 썼다.

책이 지나치게 오래되면 가주들이 한 권씩 필사해서 새로 만드는데, 책 귀퉁이에는 각대의 가주들의 경험이나 미래에 가문을 책임질 후기지수들을 위한 조언이 쓰여 있다.

그런 걸 백 년, 이백 년, 오백 년.

마침내 천 년을 반복해 오니 책을 필사하는 과정은 가주에게 엄청난 짐이 되었고, 아버지도 매일 밤마다 짜증 섞인 분노를 토해내곤 한다.

지하 비고의 감시는 꽤 허술했다. 다만 이 비고는 가주의 방 옆에 있는 계단으로 내려가야 하며 그 위치 역시 가주의 방 바로 아래에 있다.

평소에는 곰보다도 잠을 많이 자는 아버지지지만, 마음만 먹으면 아래층에서 기어가는 개미의 수도 알아낼 수 있다.

수문장이 필요 없었다. 그렇기에 자잘한 함정도 필요 없었다.

알테리온가의 한 명, 한 명이 수문장이자 함정이니까.

그렇기에 지하 비고에는 알테리온가의 오만한 자신감이 담겨 있다.

그런 곳을 샨에게 열어 준다는 건 꽤 의미가 컸다. 샨은 열쇠를 들고는 침을 꿀꺽 삼켰다.

"연다!"

샨이 긴장을 하니 덩달아서 두 사람도 함께 긴장했다.

그도 그럴 게 알테리온가의 무예와 전략, 전술 모든 게 밀집되어 있는 곳이었다. 가문 사람들이 모두 열어 보는 것도 아니고 오로지 선택받은 가주와 장남만이 가능한 곳이었다.

그걸 샨에게 허락한다는 건 의미가 컸지만 외부인인 티스와 율케스에게도 실력을 향상시킬 수 있는 기회.

샨은 열쇠를 집어넣고 옆으로 돌렸다.

달칵.

자물쇠도 새로 하셨는지 쉽게 열렸다.

지하 비고에는 답지 않게 마법등이 설치되어 있었다. 돈도 없는 살림에 고생하셨을 아버지를 떠올리니 웃음이 터져 나왔다.

바닥에는 크고 작은 흠집들이 나 있었는데 틈틈이 새로 타일을 깐 흔적이 엿보였다. 회색 돌 타일을 밟으며 샨은 서재로 향했다.

서재에는 그리 많은 책이 있는 것도 아니었다. 고작 책장 두 개가 서 있었다. 꽂혀 있는 책은 다 합쳐도 샨이 가진 책보다는 그 수가 적었다.

샨은 책을 집어 들고는 천천히 읽어내려 갔다. 첫 번째 책장에 있는 책들은 역대 가주들의 일기였다. 그날 수련 방법이나 그날의 성취들이 적혀 있었다.

두 번째 책장이 되어서야 비로소 수련 교본들이 나왔다. 샨은 검술 교본을 뽑아들었다. 그곳에는 그림과 함께 자세하게 적혀 있었다.

샨은 율케스에게 책을 건넸다.

"도움이 될 것 같은데?"

율케스가 대답했다.

"비급을 이렇게 선뜻 빌려 줘도 되는 거야?"

"딱히 신경 쓰는 사람들은 없어. 가주랑 장남만 들어갈 수 있지만, 큰형도 맨날 가솔들에게 모두 빌려 주는걸."

"난 알테리온가의 피가 한 방울도 섞여 있지 않은데?"

샨이 고개를 갸우뚱했다.

"그게 무슨 상관이야?"

참 독특한 집안이었다.

샨이 당부했다.

"대여 기간은 3일, 그 기간 안에만 들고 오면 돼."

티스가 물었다.

"만약 지나면 어떻게 되는데?"

"빌려 간 책 내용 고대로 당하게 될 거야."

간단한 대답에 두 사람 모두 식은땀을 흘렸다.

큰형의 덩치로 책 받으러 돌아오는 모습을 상상하니 조금 웃기기도 했다.

티스는 잠시 뭔가를 고민하는 것 같더니 손을 뻗어 책 한 권을 집어 들었다.

알테리온가에서 전해지는 무술은 크게 권, 검, 창으로 나뉜다. 그리고 그 하위분류로 궁술, 봉술, 암기술 등이 있다. 티스가 주로 사용하는 채찍술은 알테리온가에 전해지는 무술 어느 것에도 속하지 않았다.

결국 티스가 고른 건 암기술 책이었다.

샨도 잠깐 망설이더니 검술 책을 집어 들었다. 그러고는 율케스에는 에론 형이 즐겨 읽는 고급 검술서를 건넸다.

방 안에는 세 사람의 종이 넘기는 소리만이 울렸다.

4.

마력, 마나라고도 부르는 이것은 물질을 구성하는 창세의 의지다.

신이 세계를 창조할 때 가장 먼저 '빛이 있으라.'라고 말했다. 언어는 의지를 구체화하는 촉매라고 할 수 있다.

모든 생명은 마나의 의지로 태어나고 자라서 훗날, 죽어 다시 마나로 돌아간다.

마나는 세계를 잇는 거대한 순환의 고리라고 할 수 있는데, 그것을 사용해 언어로 구체화하는 게 마법이라고 한다.

창조신의 명령으로 세상에 빛이 생긴 것처럼 마법사는 주문을 사용해 불꽃을 일으킨다.

보통 마법사들의 마력은 심장 주위에 원 모양으로 축적된다. 그러나 기사들은 마력을 심장에 쌓지 않는다. 그들은 온몸 구석구석에 마력이 순환하는 통로를 만든다.

마력이 축적되는 양은 마법사들의 절반도 되지 않지만, 마력의 운용을 통한 신체 강화 능력은 마법사에게 비할 바가 아니다. 그러나 마력을 순환하는 통로를 어떻게 만드느냐에 따라 어떤 검사가 되는지는 천차만별이다.

어릴 때부터 혹독한 수행을 통해 미리 통로를 만든 후 마력을 쌓는 가문도 있고, 알테리온가의 경우 마력을 배꼽 아래에 쌓아 놓고 마력을 직접 운용해 온몸에 통로를 뚫어 버리는 일도 있다.

동대륙식으로는 혈도라고 부르고, 서대륙식으로는 이걸 소드 패스(Sword Path)라고 부른다.

아버지의 경우에는 이 소드 패스가 뇌까지 연결되어 있다. 이렇게 되면 아주 적은 마력을 사용하고도 능력은 보통 소드 익스퍼드의 열 배가 넘는 위력을 보여 줄 수 있다.

한마디로 무한한 마력으로 적들을 모조리 썰어 버릴 수 있는 경지라고 할 수 있다.

그러나 알테리온가 비급 어느 것에도 드래곤 나이트에 대한 글은 적혀 있지 않다.

드래곤 나이트의 경우 보통 소드 유저들과는 같으면서 다르다. 몸 안에 소드 패스는 존재하되 용에게 마력을 공급받기 때문에 소드 패스가 뻗어 있는 곳도 순환 속도도 차이가 있었다.

샨은 책을 전부 읽고는 가부좌를 틀었다.

우선 알테리온가의 비전을 그대로 사용해 볼 셈이었다.

일주일을 지하실에 처박혀서 보내고 나자 몸 안에 뭔가가 움직인다는 걸 느낄 수 있었다. 왼쪽 손가락에 끼어 있는 드래곤 스톤에서 흘러나온 마력이 몸 안에서 강처럼 휘돌아다니는 게 느껴졌다.

책에서 언급했던 것처럼 뜨거운 느낌이 아니었다.

시원한 여름 바다 같은 느낌이었다.

한 번씩 몸을 휘감을 때마다 샤워를 한 것처럼 기분이

상쾌해졌다.

"마마, 목걸이에서 이상한 느낌이 들어."

카이도 샨이 마력을 필요로 할 때마다 전달하는 방법을 본능적으로 깨닫고 있었다.

그동안 카이는 세 번이나 허물을 벗었다. 이제는 소만큼이나 커져 버려서 한 번만 더 허물을 벗었다가는 지하 비고에 들여보내는 것조차 어려울 지경이었다.

이번 일이 끝나면 카이의 등에 안장을 새로 해서 본격적으로 비행할 준비를 해야 한다.

그러나 그 전에 손가락 끝부터 심장 부근까지 소드 패스를 뚫는 게 우선이었다.

"후우, 다시."

샨은 심호흡을 하고는 다시 눈을 감았다.

마력의 흐름이 느껴졌다.

사람의 몸은 마치 작은 우주와 같다. 아직 인류는 인간의 몸이 정확히 어떤 방식으로 마력을 가공하는지 밝혀내지 못했다. 그래서 지금 사용하고 있는 마나 메커니즘은 우리 몸의 10퍼센트도 채 발견하지 못한 상태에서 이루어지는 방식.

만약 인간이 어떻게 마력을 가공하는지 발견해내면 세계는 또 다른 혁명이 몰아칠 거라고 마법사들은 말하고 있다.

용의 마력은 인간의 것보다 농도가 진하고 거칠다. 인간에게 있어서 용의 마력은 소금물을 먹는 것과 같다. 처음에는 갈증을 해소하는 것처럼 느껴지지만 자꾸 먹어 버리면 염분 과다로 죽는다.

용의 마력을 무분별하게 사용하는 건 자살행위에 가깝다. 그렇기에 수련이 필요하다. 소금물을 마셔도 견딜 수 있게끔 만반의 준비를 해야 한다. 샨이 하고 있는 과정이 바로 이런 과정이다.

보통 드래곤 메이지들은 용의 마력을 바로 쓰지 않고 심장을 거쳐 한 번 여과시킨다. 심장은 생명체가 마력을 축적하기에 가장 좋은 장소였다. 여기서 인간이 사용하기 좋은 마력으로 변환시킨다.

마치 전류를 변압기로 흐름을 바꾸는 것과 같다.

그러나 억지로 그런 짓을 하는데 몸에 부담이 가지 않을 리가 없다. 많은 드래곤 메이지들과 드래곤 나이트들이 이 과정에서 고통을 참지 못하고 포기한다.

사람마다 개인차가 있지만 강한 마력을 가진 용일수록 고통은 더욱 커져 간다.

카이의 잠재 능력이 어느 정도인지 샨으로서는 짐작하기 어려웠다. 그러나 만약 황실에서나 기른다는 임페리얼급

용이라면 위험하다.

원래라면 라온 교수님의 지도를 받으며 해야 할 일이다. 그러나 지금은 시간이 없다.

샨은 몸을 일으켰다. 시작하기 전에 마음의 준비를 해야 했다.

밤이 깊었다. 바깥 공기는 무척이나 차가웠다.

카이는 눈을 감으며 차가운 공기를 느꼈다. 샨은 그런 카이를 쓰다듬었다.

여름, 카이가 성장기를 맞이하기가 무섭게 커졌다. 이제는 슬슬 카이는 변신 마법을 사용하지 않으면 방 안으로 같이 들어가는 것도 힘들 정도였다.

빛 한 점 보이지 않는 알테리온 산맥 위로 남빛 어둠이 길게 드러누웠다. 샨은 카이를 껴안았다.

카이가 몸을 일으켰다.

"마마, 기분 좋아?"

샨은 어느새 자신보다 커진 카이의 등을 긁어 주었다. 카이는 샨의 손길에 그릉거리다가 턱을 샨의 품에 파고들었다. 샨이 카이의 머리를 껴안자 목을 들어 샨을 등에 태웠다. 샨의 가벼운 몸이 카이 위로 올라갔다.

팔을 벌려도 카이의 몸이 다 들어가지 않았다. 이대로라면 정말 방학이 끝나기 전에 타고 날 수 있을지도 몰랐다.

샨은 카이의 이마에 귀를 가져다댔다. 맥박 뛰는 소리가 음악처럼 울렸다. 카이의 체온은 무척이나 따뜻했다. 샨이 카이의 비늘에 얼굴을 파묻으며 속삭였다.

"기억나……."

"뭐가?"

"내가 카이를 처음 만났던 날."

"알에서 깨어난 날?"

"아니, 내 손으로 카이의 알을 붙잡은 날."

샨의 눈꺼풀이 천천히 감겼다.

그건 샨의 인생에서 처음으로 남에게 거짓말을 한 날이었다. 샨은 학자에게 이렇게 얼버무렸다. 알을 냇가에서 주웠다고. 그러나 그건 거짓말이었다.

카이와의 만남은 좀 더 색달랐다.

5.

그날 밤도 어두웠다.

새카만 밤하늘을 샨은 물끄러미 바라보았다. 어제부터 뒷산에 나타난 대형 마수 포레스트 웜이 날뛰는 바람에 가족들 모두 집에 없었다.

보통 대형 마수가 출현하면 대규모 군대가 편성된다. 대형 마수는 네임드라고도 부르는데, 살아 있는 재앙이다. 지진이나 태풍을 일으킬 수 있는 놈들로 그 일대가 불모지가 된다. 토벌하는 과정도 까다로울뿐더러, 그동안 놈이 일으키는 피해도 상당해 제국은 늘 골머리를 앓고 있었다.

그런 대형 마수를 아버지까지 합쳐서 달랑 네 명이 무찌르러 간다는 게 아이러니했다. 그런데 걱정이 되지 않았다. 아마 당사자인 형들과 아버지도 걱정하지 않을 거다.

금방 잡으면 되는 일이니까.

가솔들도 늦은 밤이 되니 모두 잠이 들었다. 도둑이 와서 털려면 기회는 지금이지만 훔쳐갈 물건도 없다. 기껏해야 지하 비고 정도. 그러나 손대는 순간 산맥을 벗어나기도 전에 아버지를 포함한 알테리온가의 분노한 형제들에게 피떡이 될 걸 생각하면, 도둑이 불쌍할 정도다.

샨은 책을 천천히 넘기며 노래를 흥얼거렸다.

한 번이라도 좋았다. 바다를 보러 가고 싶었다.

하늘 끝까지 이어져 있다는 검은 사막도 가 보고 싶었다.

책을 읽으면 상상할 수 있었다.

어떤 나라든 어떤 장소든 상상할 수 있었다.

샨은 기침을 쿨럭거렸다.

“감기가 오려나.”

문득 하늘에서 방울 소리 같은 게 울렸다. 창밖을 보니 가느다란 빛의 실이 떨어지고 있었다. 그게 별똥별이라고 깨닫기까지 얼마 걸리지 않았다.

별똥별은 대지에 떨어지는 순간, 실로폰 소리를 내며 사라졌다. 한두 개가 아니었다. 마치 소나기처럼 유성이 쏟아져 내렸다. 샨은 밖으로 급히 나갔다.

별이 떨어지고 있었다.

마치 별사탕처럼 작은 별들이 땅에 떨어지고 부서졌다. 퉁! 하고 울리는 소리는 별들의 비명처럼 메아리쳤다.

별은 아스트랄 라인을 지키는 은하수의 파편이다. 어떤 거대한 존재가 중간계로 넘어올 때, 차원의 경계를 지키는 별들이 힘을 잃고 지상으로 떨어진다.

기껏해야 한두 개 떨어지는 건 본 적 있지만 이렇게 많은 별들이 후두둑 쏟아지는 건 본 적이 없었다.

샨은 떨어지는 별들을 따라 집 앞 동산을 올라갔다. 세상에 샨 혼자만 있는 것 같았다.

산 아래에 있는 마을은 어두워서 보이지 않았다.

마침 샨의 머리 위에서 별이 떨어졌다. 유달리 밝은 빛이었다. 샨은 급히 손을 뻗었다.

샨은 별을 붙잡았다.

어째서인지 뜨겁지 않았다. 그 높이에서 받은 건데도 아프지 않았다. 이상했다. 별은 샨의 손바닥 바로 위에서 멈췄다. 그러고는 타오르던 빛이 서서히 꺼지며 조그마한 알이 모습을 드러냈다. 누군가가 샨에게 말했다.

'비밀이야.'

알이 속삭였던 걸까, 아니면 바람 소리를 잘못 들었던 걸까.

'아무에게도 말하면 안 돼. 약속이다?'

누가 속삭였는지는 모르겠다. 어쩌면 잘못 들은 건지도 모른다. 그러나 샨은 고개를 끄덕였다. 그러고는 알을 꽉 끌어안았다.

샨이 알을 붙잡는 순간.

더는 하늘에서 별이 떨어지지 않았다.

누구도 믿지 않을 이야기였다.

샨 자신도 그날을 믿을 수 없었으니까.

그날의 증거인 카이가 없었다면 평생 꿈을 꾼 거라 믿었을 거다.

카이가 물었다.

"마마는 날 어떻게 주운 거야?"

"하늘에서 떨어졌어."

"진짜야?"

"응, 얼마나 아름답던지 별님이 내려온 줄 알았어."

카이가 입을 살짝 벌렸다.

샨이 되물었다.

"안 믿겨?"

"믿어. 마마가 해 준 말이니까, 믿어."

카이의 정체에 대해 샨은 아직도 모른다. 하늘에서 알을 낳는 용은 들어 본 적도 없었다. 용은 하나같이 모성이 강하지 않던가.

샨은 밤하늘을 바라보았다.

그때도 이런 빛이었다.

"준비됐어. 가자."

"응."

카이가 몸을 일으켰다.

6.

샨은 도착하자마자 율케스와 티스에게 나가달라고 부탁했다. 혼자서 수련해야 할 일이 있으니 혹시라도 다른 사람이 들어오려고 한다면 막아달라는 말도 덧붙였다. 드래곤 나이트들의 수련법은 보통 사람들과는 다르다는 걸 알고는 있기에, 둘 다 가타부타하지 않았다. 다만 티스는 뭔가 깊은 생각에 빠져 있었는데, 결국 샨을 순순히 혼자 내버려 두었다.

아무도 없는 텅 빈 서재에서 샨은 수정 분필을 들었다.

원을 그리고 월계수 잎을 뿌렸다. 동서남북 사방에 룬 문자를 받아 적었다. 이걸로 보호의 원이 완성되었다.

보호의 원은 달의 영역이다.

달이 지는 순간까지 원은 샨을 지켜줄 수 있다.

여기서 샨의 손이 멈추지 않았다. 샨은 계속해서 룬 문자를 적어 나갔다. 마치 금속활자를 땅에 찍어낸 것처럼 정확하고 빠르게 분필을 움직였다.

카이가 물었다.

"마마, 뭐해?"

"의식 마술."

"의식 마술?"

"모던 매직(Modern Magic)이라고도 불러. 마력 없이도 발동할 수 있는 마법이야. 마력을 쓰지 못하는 사람을 위해 발달한 기술인데, 도구를 이용해 순서대로 사용하면 '현상'을 일으킬 수 있어."

풍수지리, 기우제 역시 모두 같은 맥락이다.

인간은 마법을 사용하기 전부터 지맥과 수맥, 그리고 문자와 나뭇잎 따위를 이용해 마법을 쓸 수 있었다.

다만 이것은 시간이 오래 걸리고, 굉장히 섬세해서 중간에 순서가 틀리면 부메랑이 돼서 술사에게 돌아온다.

굳이 이걸 사용하는 이유는 카이의 마력을 몸으로 받아서 길을 트는데, 만일 잘못됐을 때를 대비하여 스스로 몸에 보호 마법을 걸기 위해서다.

샨은 틀리지 않을 자신이 있었다. 이미 1학년 때 배울 초급 의식 마술뿐 아니라 2학년 과정까지 모두 외웠기 때문이었다.

샨은 보호의 원 안에 물의 역삼각을 그려 나갔다. 물은 순환과 생명을 상징한다. 달의 마법과도 친해서 함께 사용하면 상성이 좋았다.

만일에 대비해 할 수 있는 모든 술법을 그려 나갔다. 검지보다 길었던 수정 분필이 어느새 손가락 한 마디도 남지 않았다.

"이 정도면 됐으려나."

샨은 미리 준비해 둔 물병을 뽑았다. 이날을 위해 보름밤 자정에 수면에 비친 달을 떠왔다. 샨은 물병을 따서 보호의 원 안에 훅 뿌렸다.

신기하게도 물은 살아 있는 것처럼 보호의 원 안에 얇게 거울처럼 반짝였다.

"마마 뭐하는 거야?"

"쉬잇."

샨은 검지를 입술에 가져다댔다. 그 분위기가 너무 진지해서 카이는 입을 다물었다.

샨이 입을 열었다.

"상현, 보름, 하현 세 명의 달의 여신을 부르나니 보호의 원 안에서 수호를, 어둠 아래에서 평화를."

신기하게도 물 위로 달이 떠올랐다. 카이가 놀라 천장을 바라보았다. 여기는 지하실이었다. 달은커녕 빛도 들어오지 않는 곳이었다. 그런데 수면에 달이 있다니.

이윽고 달은 사람의 얼굴로 변했다. 총 세 사람.

『나를, 나를, 나를…… 부른 아이가 너냐? 위험천만한 짓을 준비하는구나.』

"보호를 부탁드립니다."

달의 목소리는 마치 한 사람의 목소리 같다가도 세 사람의 목소리로 갈라지기를 반복했다.

『오래된 주술을 써서 나를, 나를, 나를…… 붙잡아 두다니. 거래를 원하는 거냐?』

"저를 지켜 주신다면 풀어 드리겠습니다."

『나는, 나는, 나는…… 침대를 지키지. 침대에서 사내놈을 낳고, 침대에서 네놈을 천국으로 보내 주지. 마침내 네놈이 죽으면 침대에 바로 눕혀 천을 덮어 주는 것도, 나다. 나다. 나다…….』

달은 여성의 수호자였다. 그들은 모든 집을 수호하고, 모든 여성을 끌어안는다. 여성은 달을 따라 달거리를 하고, 달을 따라 아이를 낳는다.

그들은 처녀이자 어머니이자 마녀다.

샨은 다시 부탁했다.

"부탁드립니다."

『이상하군. 물의 기운이 강한 아이로다. 네놈은 혹시 여자아이가 아니냐?』

"아닙니다. 어머니가 딸로 오해해서 이름을 샤인으로 지었을 뿐입니다."

『이상하군. 네놈에게 물 냄새가 강하게 난다. 내가, 내가, 내가 틀릴 리가 없을 텐데.』

샨이 다시 대답했다.

"남자입니다."

『그렇군. 사내놈을 지켜 주고 싶지 않지만 어쩔 수 없지. 네가 무슨 짓을 하건 간에, 이 달이 질 때까지 수호해 주도록 하마.』

샨은 달에게 감사 인사를 드리고는 술을 따라서 수면에 부었다.

『아아, 단술이구나. 눈치가 빠른 아이인걸.』

샨은 달을 향해 묵례하고는 두 번째 원 안으로 카이를 불렀다. 그리고 자신은 세 번째 원으로 들어가서 가부좌를 틀었다.

샨은 천천히 호흡을 내쉬었다. 성공해야 했다. 달까지 끌어내려 부탁했다고 해도 그녀들은 바다보다 변덕스럽고, 어둠보다 음흉했다. 그녀들은 어머니의 어머니였고, 모든 과거의 과거였다.

그녀는 태초에, 첫 생명이 태어났을 때 그 자리에 있었다. 그 생명이 번식을 할 때도 그 자리에 있었다. 그 생명이 죽었을 때도 그 자리에 있었다.

단술을 준비해 그녀의 비위를 맞춘 건 좋은 선택이었다. 샨은 원 밖으로 손을 뻗어 카이의 목을 끌어안았다. 천천히 허밍을 부르며 카이의 마력을 받아들였다.

쿠웅—.

차갑고 시원한 마력이 손끝으로 들어왔다. 그러나 마력이 지나갈 때마다 몸이 비명을 질렀다. 샨은 고통을 참으며 마력을 심장 안으로 끌어들였다.

쿠웅—.

샨은 울컥 피를 토했다. 카이가 놀라서 마력을 끊으려고 했다. 샨은 카이의 뒷목을 꽉 움켜쥐었다.

“계속해.”

거스를 수 없는 명령에 카이는 신음을 낮게 질렀다.

그토록 차갑던 마력이 심장에 닿으니 불에 댄 것처럼 뜨겁다. 여기서 다시 길을 내야 한다. 왼쪽 손으로 들어왔으니 오른쪽 손끝으로 내보내지 않으면 안 된다. 샨은 피를 몇 번이나 토했다. 카이의 마력은 샨이 예상했던 것보다도 강했다. 제멋대로 달려가던 마력은 샨의 배꼽 아래, 다리로 향했다.

‘안 돼! 그쪽은!’

콰앙!

발아래로 길이 뚫렸다. 그러나 이미 통제를 잃은 마력은 제멋대로 다리를 후려쳤다. 혈관이 막히며 다리가 퍼렇게 변하기 시작했다. 마력을 이겨내지 못하고 세포가 괴사하기 시작했다. 잘못했다가는 다리를 잘라내야 할지도 몰랐다.

쿵, 쿠웅!

‘안 돼!’

샨은 이를 악물고 마력을 끌어들였다.

달의 여신은 좀처럼 도와주려 하지 않았다. 술까지 뇌물로 바쳤는데!

다리가 점점 보랏빛으로 물들었다. 통제 불능이었다. 이러다가는 불구가 된다. 평생 걷지 못한다. 샨은 이를 악물었다.

"안 돼…… 크윽…… 못 본 것도 많은데."

일평생 그 침대 위에서 살 바에는 차라리 혀를 깨물고 말리라.

마침내 다리에 감각이 없어지기 시작했다. 모공 위로 핏방울이 배어 나왔다. 한계에 이른 것이었다. 카이가 마력을 끊었지만 이미 몸 안에 많은 마력이 들어와 있었다. 카이는 비명을 질렀지만 샨은 지독한 고통 때문에 들을 수 없었다.

샨은 눈을 감았다. 지금이라도 다리를 포기하면 살 수 있다.

그럴 수는 없었다. 그 시절로 돌아가고 싶지는 않았다.

샨의 눈에서 눈물이 떨어졌다.

'그렇다면 싸워.'

티스가 말했었다.

'싸워! 네 신념을 위해, 긍지를 위해.'

하지만 절망감만이 샨을 나락으로 끌어 내렸다. 샨은 눈을 감았다. 어둠이 보였다. 그리고 어째서인지 어둠 아래에서 무엇인가가 보였다.

『어쩔 수 없는 아이구나. 내가…… 내가…… 내가…… 도와주길 원하나?』

샨은 고개를 몇 번이나 끄덕였다.

『나의…… 나의…… 나의…… 도움은 세계의 운명을 위한 것, 네가 좋아하는 형태는 아니란다.』

"강해질 수만 있다면…… 아무래도 좋아요……"

어둠 위로 달이 비쳤다. 마치 검은 수면에 달이 반사되듯 형태를 잡을 수 없는 빛이 은은하게 빛났다.

샨은 어둠 속으로 팔을 뻗었다. 그러고는 달을 눌렀다.

『술값은 해 주마.』

뻗어 나가던 마력이 심장으로 빨려들어 갔다. 폭풍 전야의 고요가 이어졌다. 샨이 가쁜 숨을 내쉬었다.

쿠웅──.

심장이 뛰었다.

쿠웅──.

심장이 크게 뛰었다.

마력이 안에서 폭발한다. 이번에는 다리와 정반대인 위로 향했다. 샨이 비명을 지르며 눈을 감쌌다. 마력이 눈 안에서 폭발한다.

"크아아아악!"

샨이 비명을 지르며 바닥을 굴렀다. 칼로 생눈을 도려내는 것만 같았다.

"아악, 으아아아아악!"

샨의 눈꺼풀 아래로 핏줄기가 눈물처럼 흘러내렸다. 샨은 눈을 감싸며 비명을 질렀다.

여인들의 웃음소리가 귓가를 울렸다. 그녀들은 즐겁게 웃었다. 아주 기쁘다는 듯, 아주 재미있다는 듯.

이윽고 모든 어머니의 어머니가 말했다.

『내…… 내…… 내 선물이란다.』

샨은 그렇게 의식을 잃었다.

7.

수면 아래로 달이 잠겼다. 달 아래 수면을 밟으며 샨의 어머니가 서 있었다. 꿈에서 어머니를 처음 본 건 아니다. 다만 샨의 꿈에서는 늘 울고 계셨다.

이번에도 울고 계실까.

샨은 그녀에게 다가갔다.

어머니의 하얀 등이 달빛에 젖었다.

그녀가 뒤를 돌아봤다. 표정을, 표정을 보고 싶었다.

샨은 그녀를 향해 다가갔다.

그렇게 샨은 눈을 떴다.

눈에 눈물이 고였다. 앞이 보인다는 사실을 깨닫고는 샨은 몸을 벌떡 일으켰다. 새벽이었다.

시간이 얼마 지나지 않은 건가.

“3일간 기절해 있었어.”

티스가 창틀에 기대어 샨을 내려다보았다.

“형들은?”

“너희 아버지가 모두 끌고 들어갔어. 너 때문에 집이 얼마나 난리가 났는지 모르지?”

“카이는……?”

“종일 울더라고. 겨우 재웠다.”

발아래에는 커다란 카이가 몸을 웅크린 채 누워 있었다. 티스는 문득 샨을 바라보더니 놀란 눈을 했다. 이윽고 그의 눈가가 부드럽게 휘어졌다.

“나 참, 눈에 무슨 짓을 한 거냐?”

샨은 거울을 바라보았다. 왼쪽 새카만 동공에는 은색 달 문양이 떠 있었다. 샨이 고개를 저었다.

“어쩐지 거리감이 없어. 아!”

샨은 오른쪽 눈을 감았다. 앞이 보이지 않는다. 샨은 거울에 있는 자신의 왼쪽 눈을 바라보았다. 왼쪽 눈이 보이지 않는다.

"왼쪽 눈이 안 보여."

티스가 담담하게 대답했다.

"……그러냐? 눈 하나로 좋은 경험했네."

"아냐, 뭔가 달라진 게 있을 거야. 그렇게 노력했는데."

티스가 어깨를 으쓱했다.

"글쎄."

샨은 문을 열고 뛰쳐나갔다. 밤인가 했더니 새벽이었다. 하늘의 달은 더 이상 보이지 않았다. 티스는 그런 샨을 따라 훌쩍 달려갔다. 수련에 실패한 검사들을 숱하게 봐 왔던 그였다. 목숨을 던지는 도박을 해놓고 아무것도 얻질 못했을 때, 오히려 두 번 다시 검을 쥘 수 없는 몸이 되었을 때, 그들이 어떻게 좌절하는지도 익히 알고 있었다.

알기에 어떤 말도 해 줄 수 없었다.

샨은 달려 나갔다. 계속해서 달려 나갔다.

폭포가 보일 때까지, 계곡 아래까지 달려갔다. 수면에는 그의 왼쪽 눈동자가 비웃고 있었다. 샨은 팔을 집어넣었다. 차가웠다. 샨은 풍덩풍덩 몸을 담갔다. 폭포 아래에서 수련을 하던 율케스가 뛰어 나왔다. 그가 샨을 꽉 붙잡았다.

"그만둬. 죽을 셈이냐!"

샨이 고개를 저었다.

"아니야. 분명히 뭔가 했어. 분명히…… 난!"

그 고생을 해서 얻은 게 왼쪽 눈을 잃은 거라면, 만약 그런 거라면…… 대체 무얼 했단 말인가!

그러나 보이지 않는다. 왼쪽 눈이 보이지 않는다. 사물의 원근이 느껴지지 않는다.

샨이 소리 질렀다.

"아냐! 아니라고!"

율케스가 더 깊이 들어가려는 샨을 꽉 붙들었다.

"그만해! 더 들어가면 목숨을 잃는다!"

"아냐…… 난!"

샨이 눈물을 흘렸다. 율케스를 떨어뜨리려고 했다. 심장 근처에서 마력이 느껴졌다. 그러나 마력이 팔까지 돌지 않았다. 마치 꽉 막힌 벽을 앞에 둔 것 같다. 카이의 마력은 힘없이 다시 심장으로 돌아왔다. 이래서는 검을, 검기를 쓸 수 없었다. 샨이 절규했다.

"아아아악!"

검사에게 원근을 느낄 수 없다는 건 더 이상 검을 들 수 없다는 말과 비슷하다. 원근을 느낄 수 없으면 적의 검을 받아칠 수 없다.

아니 그전에 마력을 손에 보낼 수 없으면 이제는 정말 모든 걸 잃어야 한다는 뜻.

샨이 절규했다.

"놔, 놔아아아!"

율케스가 샨을 놓지 않았다. 지난번 내린 비 때문에 폭포의 수위가 높아졌다. 거친 물살 한가운데까지 샨이 걸어 들어갔다.

티스가 달려갔다. 보다 못해 채찍이라도 날리려는 찰나, 샨이 율케스를 걷어찼다.

빠아아악!

별생각 없이 후려친 공격이었다. 그런데 율케스의 몸이 날아갔다. 율케스의 몸이 폭포 아래 바위에 쿵, 부딪쳤다. 놀랄 틈도 없이 충격을 견디지 못한 위쪽 바위가 떨어졌다.

"율케스!"

큰일이다.

샨이 달려갔다. 그의 왼쪽 눈동자가 빛을 발했다. 샨은 저도 모르게 폭포 아래로 흘러가던 나뭇가지를 집어 들었다.

바위가 쏟아졌다. 그 순간, 샨은 나뭇가지를 휘둘렀다.

누구도 가르쳐 주지 않았다. 누구도 그에게 말해 주지

않았다.

마력도 실리지 않은 나뭇가지가 바람에 나뭇잎을 흔들었다. 그러나 정확한 소리를 내며 바위를 후려쳤다.

퉁!

샨은 이 소리를 들은 적 있었다. 하늘에서 빛이 쏟아졌을 때 메아리쳤던 별의 비명.

그 소리가 나뭇가지 끝에서 들렸다. 그리고 작은 소리는 이윽고 균열이 되었다.

바위에 생긴 균열은 점점 더 커져 갔다. 그리고 마침내 그 거대한 바위가 부서졌다. 샨이 너무 놀라 위를 바라보았다. 커다란 바위에서 부서진 바윗덩어리들이 샨을 덮치려는 순간, 티스가 채찍을 뻗어 두 사람을 낚아챘다.

콰르르릉!

둘이 있던 자리에 돌무더기가 떨어졌다.

샨이 놀란 눈으로 되물었다.

"대체…… 어떻게 된 거야?"

티스가 대답했다.

"내가 묻고 싶은 말이다."

세 사람은 방금 있던 일을 확인할 겸 근처에 가장 큰 바위를 찾았다. 티스가 물었다.

"어디가 달라 보이는데?"

샨은 나뭇가지로 바위 아랫부분을 가리켰다.

"여기가 달라 보여."

눈으로 마력을 보내자 망막 위로 달 문양이 떠올랐다. 그러자 세상이 무척이나 달라 보였다. 바위 아래쪽에 금색 점이 보였다. 샨은 그곳을 향해 나뭇가지를 찔러 넣었다.

퉁!

맑은 울림과 함께 바위가 천천히 금이 가기 시작했다. 균열은 커져 갔고 거대한 바위가 고작 나뭇가지 하나에 부서지는 건 순식간이었다.

티스가 뒤쪽 아름드리 고목을 가리켰다.

"이건?"

샨이 천천히 나무를 향해 후려쳤다. 그러자 어른 다섯이 껴안아도 모자를 커다란 나무가 쩍, 꺾였다.

티스가 입을 열었다.

"보고도 믿기지 않는데 말이야. 너는 사물의 급소가 보이는 거 같아."

"급소?"

"모든 사물은 마나로 이루어진 건 알고 있지?"

"응."

"물체의 핵이랄까? 마나가 모여 있는 약한 부분이랄

까? 보통은 보일 리 없어 그런 것. 1밀리미터, 아니 0.1밀리미터만 빗나가도 이런 일은 생기지 않아."

"그런 게…… 가능해?"

"니가 하고 있잖아."

샨은 손바닥을 쥐었다 폈다 반복했다. 마력은 여전히 느껴지지 않았다. 그러나 나뭇가지로 바위를 부술 수 있게 되었다. 티스가 되물었다.

"한 가지 궁금한 게 있는데, 사람의 약점도 보여?"

샨이 눈을 가늘게 뜨고 티스를 바라보았다.

이윽고 지쳤는지 고개를 저었다.

"아니, 안 보여. 사물만 가능한 거 같아."

"적어도 갑옷이나 검 정도는 부러뜨릴 수 있겠군. 한 가지 더 궁금한 게 있어."

티스의 붉은색 눈이 곡선을 그렸다. 그는 검지를 샨의 입술에 가져다 대며 물었다.

"어떻게 율케스를 날려 버렸던 거지?"

샨은 자신의 다리를 내려다보았다.

권술, 검술, 창술, 궁술까지. 수많은 교본이 있지만 다리 하나만을 위한 건 어디에도 없었다. 그도 그럴 게, 발로 누군가를 찬다는 건 어디까지나 공격의 보조 역할이지 주무기가 되는 법은 없었다. 남을 다리로 공격하는 건 허를 찌르기에는 좋지만 몸의 중심점이 움직인다. 팔을 뻗는 것보다 시간이 걸리고 적이 막거나 피했을 시에는 오히려 피해를 볼 수 있다. 그렇기에 권법(拳法)은 많아도 각법(脚法)만을 전문적으로 다룬 무예는 없다.

샨은 다리에 마력이 도는 걸 보고 어이가 없었는지 한참을 허어, 한숨을 내쉬었다.

티스가 배를 잡고 웃으며 말했다.

"야, 그래도 빨리 뛸 수는 있잖아. 그게 어디야?"

샨은 티스를 싸늘한 눈으로 노려보았다. 율케스는 턱을 문지르더니 덧붙였다.

"없는 것보다는 훨씬 낫지 않나? 적의 허를 찌를 수 있고, 도망치기도 쉬울 텐데."

샨이 얼굴을 붉혔다.

"아, 아무리 그래도 다리라니……!"

"드래곤 메이지가 되면 되잖나."

틀린 말은 아니었다.

샨은 그제야 고개를 끄덕였다. 율케스는 적은 말로도 사람을 설득하는 힘이 있다. 티스가 어깨를 으쓱했다.

"그리고 덕분에 가족들에게 보여 주게 되었잖아?"

"하, 하지만…… 그건 소드 익스퍼드의 경지였잖아."

"그게 나뭇가지로 바위를 부수는 경지라며? 됐지 뭘."

"그래도 난 지금 익스퍼드가 아니잖아."

그 말에 티스는 다시 웃음을 터뜨렸다. 정말이지 귀여울 정도로 고지식한 친우였다. 티스는 그렇게 생각하며 빙긋 웃었다.

"일단 보여 주자고, 뭐라고 하시는지."

"……."

달리 뾰족한 수가 없었다. 샨은 고개를 끄덕이는 수밖에 없었다.

8.

다음 날, 가족들은 모두 연무장으로 집합했다. 큰형부터 둘째 형, 셋째 형까지 모두 이를 박박 갈며 티스를 노려보았다.

샨이 지하 비고에서 기절했었을 때 큰형은 가장 먼저 티스를 죽이러 갔었다. 기절해 있던 샨이야 모르겠지만, 그때 티스는 큰형의 공격을 도합 세 번 막아냈다.

대륙 최고의 포스 마스터다. 그의 공격을 세 번이나 막아내는 건 쉽지 않은 일이었다. 결국 아버지가 달려와서 큰형을 뜯어말리지 않았다면 어떻게 되었을지 모른다. 큰형은 그날 결판을 못 낸 걸 아직도 분해하고 있다.

형들에게 있어 티스는 샨을 나쁜 길로 인도하는 불량한 친구로밖에 보이지 않았다.

이러다가는 정말 사달이 날 것 같아 아버지는 세 형제 모두 방에 몰아넣고 외출 금지를 먹였다. 그러나 반성은커녕 외출 금지까지 합쳐 더욱 화를 냈다.

이러나저러나 아버지는 복잡한 표정으로 샨을 내려다보았다.

"소드 익스퍼드가 되었다고 했느냐?"

샨이 대답도 하기 전에 큰형이 소리 질렀다.

"거짓말입니다! 아버지, 소드 익스퍼드가 되었으면 저희가 못 느낄 리가 있습니까? 샨의 팔에는 그런 게 전혀 느껴지지 않습니다."

"닥쳐라! 언제 너보고 대답하라 했느냐!"

아버지가 뭐라고 하던 큰형은 계속 말했다.

"우리 집안에서 가장 큰 죄가 바로 거짓말을 했을 때입니다. 사나이의 약속에 거짓말을 한 거라면 변명할 여지도 없습니다! 아버지!"

샨은 형이 이토록 자신을 못 믿는 건가, 하고 서운해졌다. 그러나 큰형의 말이 틀린 건 아니었다. 샨은 분명히 소드 익스퍼드가 된 것이 아니었다.

아버지가 방긋 웃으며 큰형을 돌아보았다.

삼 형제는 그런 아버지의 얼굴을 보자마자 신음을 삼키며 뒤로 멀찌감치 물러났다. 아버지가 저런 느물거리는 웃음을 지을 때는 폭발하기 일보 직전일 때뿐이다.

"응? 뭐라고 그랬니. 아들아? 요즘 내가 가는귀가 먹었는지 잘 안 들린단다."

큰형은 시선을 돌렸다.

"아, 아무것도 아닙니다."

"분명히 우리 집안사람 누가 거짓말을 했다고 들었는데 누구야? 누구냐고? 말해 봐라. 확 모가지를 분질러 버릴 테니까."

"아, 아닙니다."

"왜? 에론이냐? 아니면 아르고? 설마 너냐?"

셋째 형이 펄쩍 뛰었다.

"아닙니다!"

"그럼 너, 너밖에 없네."

아버지는 큰형의 뒷목에 솥뚜껑만 한 손을 척 걸쳤다.

"헐, 설마 저 귀엽고 연약한 막둥이가 거짓말을 했다는 건 아니겠지?"

큰형은 아버지를 한 번 바라보고 샨을 한 번 바라보기

를 반복했다. 큰형은 식은땀을 주르르 흘렸다. 여기서 과연 샨이라고 말한다면…….

죽는다.

아버지가 되물었다.

“역시 나보고 거짓말을 했다는 거냐?”

고개를 끄덕였다가는 더 죽는다.

큰형은 독배를 삼키는 심정으로 대답했다.

“제… 제…… 제가…… 했습니다.”

아버지는 빽 소리가 나도록 큰형의 뒤통수를 후려치며 웃음을 터뜨렸다.

“거봐. 니가 했네. 그러니까 한 달간 화장실 청소는 네 놈이 해라.”

큰형은 눈물을 삼키며 고개를 끄덕였다. 아버지가 덧붙였다.

“얼굴이 비칠 정도로 해야 한다. 혀로 핥을 수 있을 만큼.”

아버지라면 진짜로 핥으라고 시키고도 남을 인간이다. 큰형은 세상이 무너질 것 같은 표정을 지었다.

아버지는 남은 두 아들을 돌아보며 물었다.

“왜 너희도 할 말 있나?”

“아닙니다!”

"아무 말도 안 했심다."

각이 잡힌 두 아들을 흐뭇하게 바라보고는 샨에게 말했다.

"준비는 되었느냐?"

샨이 고개를 끄덕였다.

"네."

아버지는 연무장 뒤쪽에서 바위를 굴러 와 샨의 앞에 섰다. 2미터가 넘는 아버지의 체구가 다 가려질 정도로 거대한 바위였다.

"이걸 가르는 거다. 할 수 있겠냐?"

아무리 소드 익스퍼드라도 이 정도의 바위를 나뭇가지로 부수는 건 불가능하다.

그게 가능한 자는 오로지 알테리온가의 사람뿐이었다. 알테리온가의 사람도 소드 익스퍼드 중수쯤 되어야 하지 초수가 할 수 있는 크기가 아니었다. 그러나 샨은 고개를 끄덕였다.

"하겠습니다."

"기회는 한 번뿐이다."

"괜찮습니다."

샨은 가느다란 팔을 뻗어 복숭아나무 가지를 꺾었다. 싱그러운 연녹색 잎과 아직 지지 않은 꽃향기를 맡으며 부드럽게 미소 지었다. 그 모습이 영락없는 샨 어머니의 생전 모습과 똑 닮아서 아버지는 내심 놀랐다.

샨은 춤을 추듯 복숭아 나뭇가지를 흔들더니 이윽고 바위를 후려쳤다.

투웅—.

통배권을 썼을 때와 똑같은 진동음이었다. 타격음만 듣고 이게 어떤 원리로 작동하는지 아버지는 한번에 파악했다.

바위에서 균열이 생겼다. 그리고 이내 무너져 내렸다.

큰형이 소리 질렀다.

"검기가 실려 있지 않았습니다. 아버지! 검기가 없었어요!"

둘째 형이 말했다.

"나뭇가지에는 바위를 부술 만한 힘이 없었습니다. 뭔가 반칙이 있었던 건 아닐까요?"

셋째 형은 조용히 바위를 쳐다보더니 결국 입술을 뗐다.

"공정성을 위해 다른 바위를 들고 오는 건 어떠십까?"

"흐음, 바위에는 이상이 없었다. 내가 확인을 안 했을 리 없잖으냐."

그러나 형들은 눈앞에 벌어진 일을 믿지 못했다.

"소드 익스퍼드가 아닌데 어찌 합격한다고 할 수 있겠

습니까! 아버지!"

"제 분석에 따르면 이건 무효로 처리해야 합니다!"

샨은 아버지를 향해 말했다.

"아버지, 나뭇가지로 바위를 깼습니다. 분명히 그게 내기 아니었습니까?"

"그랬지. 그러나 그건 네가 소드 익스퍼드가 되었을 때의 일 아니냐."

"언제부터 알테리온가에서 형식에 얽매였습니까? 제 몸을 지킬 힘을 원하셨잖아요. 저는 그에 합당한 무예를 보였습니다. 이제 아버지가 답할 차례입니다!"

샨의 똘망똘망한 대답에 아버지는 침음을 삼켰다.

눈동자가 아내와 무척이나 닮아 있었다.

아내도 이랬다. 언제나 자신의 주장을 정확하게 말했다. 그녀의 이야기가 언제나 이치에 맞는 건 아니었지만, 결과적으로 언제나 옳았다.

'샨을 부탁해요.'

아내의 목소리가 10여 년이 지난 지금도 귓가에 남아 있다. 대륙 최고의 소드 마스터가 아들을 보며 탄식했다.

'부인…… 내가 어떻게 해야 하오? 대체 무엇이 옳은 선택이오?'

형들이 동시에 말했다.

"아버지!"

샨이 말했다.

"아버지."

아버지는 하늘을 바라보았다. 제국을 위해 목숨을 걸었던 대전쟁에서도 그는 망설여 본 적 없었다. 그 당시, 그는 단신으로 적의 와이번 기사 800명을 무찔렀다. 세계사에서 유례가 없는 전과였다.

황제 폐하께서 그에게 무슨 소원이든 하나 들어준다고 했을 때 역시 이토록 망설인 적이 없었다. 그의 소원은 단 하나였다. 그러나 제아무리 황제라도 이루어 줄 수는 없다. 무슨 짓을 해도 죽은 아내는 살아 돌아오지 않는다. 그러니 돈도 벼슬도 필요 없다.

그러나 그런 그가 고작 막내아들의 교우 관계를 두고 일생일대의 고뇌에 빠졌다.

그는 샨의 눈을 바라보았다.

검은자위가 또렷한 눈동자가 자신을 바라보았다. 그 눈을 앞에 두고 배신할 수 없었다.

"그래. 허락한다."

샨이 활짝 웃으며 아버지를 끌어안았다. 샨의 뒤에서 삼형제가 소리 질렀다.

"아버지!"

"이건 안 됩니다!"

처음부터 반쯤 샨의 의견을 허락해 준 삼남 아르고를 제외한 장남과 차남은 거세게 반발했다. 아버지가 샨의 머리카락 속에 손가락을 넣어 쓰다듬었다.

"대신 조건이 있다."

"뭐든지 할게요!"

샨은 밝게 웃으며 아버지의 뺨에 뽀뽀했다. 갖고 싶은 게 있고 먹고 싶은 게 있어도 생전 가족들에게 뭔가 부탁한 적 없는 막내였다. 성을 달라고 하면 성이라도 정복해 주고, 저 하늘에 별이라도 따달라고 하면 마법사의 탑에 가서 초압축 중력 마법으로 별을 끌어 내리는 한이 있어서라도 따 줄 각오가 되어 있다.

아버지가 말했다.

"티스 이타카르라고 했나?"

티스가 대답했다.

"본명은 티메리스, 티메리스 이타카르 디 와처 헤이스팅스입니다."

"그래. 티메리스 황자, 그대를 우리 막내의 친구로 인정해 주겠네. 단 우리 알테리온가의 제자가 되도록 하게."

"제자…… 말씀이십니까?"

"리오의 주먹을 세 번이나 막아낸 걸 보니 제법 무술에 재능이 있어 보이나 그 정도로는 우리 샨을 지킬 수 없네. 황자는 더 강해져야 할 필요가 있어. 적어도 소드 마스터를 상대하여 이길 수 없다면 우리 막내를 지킬 수 없네."

티스가 올려다보았다.

"소드 마스터가 되라는 말씀이십니까?"

아버지가 대답했다.

"그보다 강해지라는 말이네. 약한 놈에게 내 아들을 맡길 수 없네."

"……."

티스는 팔짱을 끼고는 그를 보았다.

오만하다. 참으로 오만한 요구다.

그는 현실적으로 불가능한 일을 말하고 있다. 소드 마스터는 하늘이 내린 재능에 가깝다. 사람이 일이 년 수련한다고 해서 그 끄트머리라도 밟을 수 있다면, 마법사들은 죄다 전쟁터에 갈 필요도 없을 거다.

"하겠습니다."

티스는 한쪽 무릎을 꿇었다. 비록 계승 순위가 낮다고 하나 황자였다. 알테리온가의 가주에게 말을 놓도록 허락하는 것도 파격적이었으나 한쪽 무릎을 꿇는 것은 더 큰 파격이었다. 그러나 이건 사제의 예였다. 앞으로 그의 스승이 될 분에게 티스는 과감하게 한쪽 무릎을 꿇었다.

그리고 그는 한 마디 덧붙였다.

"란츠크네 군, 역시 마찬가지네. 들어오겠는가?"

율케스 역시 한쪽 무릎을 꿇었다.

"검사로서 오히려 배움을 청하고 싶을 정도입니다."

"좋다."

아버지는 아직 자신의 품에 안겨 있는 샨을 떨어뜨리고 말을 이었다.

"그리고 샨, 마지막 한 가지 더 있다."

"네?"

"처음에 너와 내기를 한 것은 네가 성공하는 것이 불가능하다고 생각해서였다. 나뭇가지로 바위를 부순다는 것은 아무리 알테리온가 사람이라도, 게다가 네 나이에는 이룰 수 없는 일이니까."

아버지는 샨의 허리에서 검을 뺐다.

"그러니 앞으로 무예를 익히는 걸 금한다."

"예에에에?!"

샨이 소리 질렀다.

9.

알테리온가에 전해지는 오랜 격언이 있다.

'남자는 검을 들면 미친다.'

검을 드는 순간, 강자만이 살아남는 세계에 들어서게 된다.

약하면 죽는다. 병에 걸려도 죽는다. 정의감이 높아도 죽는다. 머리가 나빠도 죽는다.

샨이 나뭇가지로 바위를 부수는 경지를 이루었음에도 아버지는 그에게서 어떤 재능도 보지 못했다.

애초부터 검에 재능이 있는 놈이라면 걷는 자세부터가 차이가 있다. 그러나 샨은 처음부터 그런 게 없었다. 그럴 바에는 몸을 지키는 호신술 정도만 가르치고 차라리 그의 친구에게 무예를 전수하는 편이 낫다.

적어도 하나뿐인 아들이 정의감 때문에 검을 뽑고 적들 속으로 뛰어드는 걸 보지 않아도 되니까. 재능도 없는 자식이 전쟁터에서 억울하게 죽는 꼴은 보지 않아도 될 테니까.

만약 샨이 정말로 검기를 일으켜 바위를 부쉈다면 이야기는 달라진다. 그러나 현실은 달랐다. 그래도 샨 입장에서 보면 한없이 부당하고 부당한 명령이었다.

가주의 명령은 지엄했다. 두 친구가 수련하는 동안 샨은 방에서 유폐되다시피 했다. 이건 횡포고, 억압이다. 아버지는 샨의 처지를 생각하지 않고, 독단적으로 명령을 내린 거다. 타당하지 않았다. 샨은 옳지 않다고 생각하는 명령을 순순히 따를 정도로 고분고분한 성격이 아니었다.

같은 시간, 폭포 아래 바위에 티스가 앉아 있었다.

티스는 알테리온가의 수련복을 입고 있었는데, 소매가 길고 면으로 되어 있었다. 땀을 흡수하는 데는 좋겠지만, 이래서야 날아오는 칼을 막아낼 수 없지 않은가.

보통 수련이라면 가벼운 가죽 갑옷을 걸친다. 돈이 있는 집안에서는 충격 완화 마법이 걸린 수련복을 입는다. 수련용 목검이라고 하더라도 잘못 맞으면 죽을 수도 있다. 이 옷은 그냥 천이다. 그리고 보면 알테리온가의 사람들은 전투 시에도 갑옷을 입지 않았다.

칼을 피할 수 있을 거라는 오만일까?

크게 부상당하면 어쩌려고 그러는 걸까?

티스의 사고관으로는 이런 비합리적인 의상은 이해할 수 없었다.

그럼에도 그는 그 옷을 입고는 쏟아지는 폭포 아래에 서 있었다. 폭포가 머리와 어깨를 때렸다. 사람의 목소리는 커녕 눈을 뜨고 서 있는 것조차 할 수 없었다.

수압만으로 어깨가 벌겋게 부풀어 올랐다. 샨의 아버지,

라이너스 알테리온은 묵묵히 그를 바라보았다. 그들은 처음 만났을 때부터 티스의 재능을 눈치채고 있었다.

티스는 천재였다. 또한 티스가 천재들의 고질적인 문제를 안고 있다는 것 역시 알고 있었다.

쉽게 질린다. 잘하기에 만만하게 보고 만다. 깊이 파고들지 못하고 무슨 일에도 목숨을 걸지를 못한다. 이런 놈들은 또래의 호적수를 만나 목숨을 건 일대일 결투를 해본 적도 없으려니와 진심으로 무언가를 꺾어서 이기겠다는 질투심조차 갖지 못한다.

쉽게 들어 온 건 쉽게 질린다.

이런 놈들에게 무예에 흥미를 갖게 하는 건 한없이 불가능에 가까웠다. 그렇기에 그가 티스에게 시킬 일은 딱 하나였다.

불가능한 것을 가능하게 하는 것.

살기 위해 어쩔 수 없이 갈고 닦게 하는 것.

알테리온가의 가주이자 샨의 아버지인 그는 하나뿐인 아들을 위해 혹독하게 그를 가르칠 생각이었다.

"준비됐나?"

티스가 심드렁하게 대답했다.

"이런 게 무슨 도움이 되는지 모르겠습니다."

"곧 알게 될 거다."

그가 신호를 날리자 장남 리오가 기다렸다는 듯 폭포 위에서 통나무를 떨어뜨리기 시작했다.

폭포의 물살에 쓸려 10킬로그램의 통나무들이 까마득한 높이에서 쏟아지기 시작했다. 티스가 당황하며 채찍을 들었다. 그러나 폭포의 힘에 휩쓸려 채찍은 솟아오르지 못했다.

어쩔 수 없이 어깨로 막아냈다.

퍼억!

한 방 맞았을 뿐인데 피멍이 들었다. 그나마도 순간 충격을 완화시키지 않았다면 뼈가 부러졌을지도 모른다.

"이게 무슨 짓입니까!"

"살고 싶다면 막아 봐라."

티스의 눈이 커졌다. 수백 개의 통나무가 폭포 위에서 비처럼 쏟아지기 시작했다.

"으와악!"

10.

에론은 나뭇가지를 들고는 바위 위에 앉아 있었다.

"동방 대륙에는 만병지왕(萬兵之王)은 검이라는 말이 있죠. 검이 모든 무기 중에 가장 뛰어나다는 말입니다. 그러나 사실은 다릅니다. 검은 도끼보다 파괴력이 약하고, 창보다 사정거리가 짧죠."

나뭇가지 위에서 싱그러운 꽃봉오리가 달려 있었다. 그는 둥근 꽃봉오리를 만지작거리며 말했다.

"그럼에도 만병지왕이라는 말을 듣는 이유는 딱 하나입니다."

그는 몸을 일으켰다. 그는 자신의 키보다 더 거대한 바위에 손을 얹었다. 바위의 숨결을 느끼는 듯 그는 눈을 감았다. 그러고는 손을 떼고 바위에서 멀어졌다. 나뭇가지를 천천히 들어 대각선으로 내리그었다.

율케스의 눈이 커졌다.

나뭇가지 위로 투명한 검기가 솟아올랐다. 그러나 검기는 지나치게 엷어서 율케스 정도의 무인(武人)만이 겨우 알아볼 정도였다.

나뭇가지가 출렁거렸다. 놀랍게도 꽃봉오리가 활짝 피었다. 달큼한 향기가 피어올랐다. 그리고 바위가 갈라졌다. 마치 두부를 썬 것처럼 깔끔한 단면이 사선으로 미끄러졌다. 분홍색 활짝 핀 꽃은 생을 다했는지 순식간에 져버렸다. 초록색 나뭇잎도 시들어 버렸다.

에론이 말을 이었다.

"검은 어떤 상황에라도 대처할 수 있기 때문입니다. 특출하게 강한 부분이 없기에 특출하게 약한 부분도 없습니다. 상대가 궁수든 창기사든 상대할 방법은 있죠. 그렇습니다. 범용성이죠. 그런 범용성이 수준 이상 오르면 놀라운 일이 가능합니다."

그때 바위 뒤, 깎아지를 듯 솟아오른 절벽에 균열이 생겼다. 검기가 닿지 않은 부분이었다.

대체 어떻게 자른 걸까.

지금의 율케스로서는 상상도 할 수 없는 경지였다.

절벽은 아래에서부터 서서히 무너져 내리기 시작했다. 에론은 나뭇가지를 떨어뜨리고는 긴 소매를 늘어뜨렸다.

"율케스 군은 체력 하난 좋더군요. 그러나 기술도 전략도 부족해요. 그래서야 경험 많은 용병을 만났을 때 개죽음당할 뿐입니다. 그 사람들은 솔직하게 공격하는 법이 없거든요."

에론은 검사이자 전략가다.

그가 직접 전쟁에서 검을 뽑아든 일은 단 한 번도 없었다.

그가 흥미를 갖는 일은 오로지 한 평 남짓한 책상 위 전쟁뿐. 마치 체스를 두듯 그는 온종일 깃대를 뽑고 꽂기를 반복한다. 그리고 그가 깃대를 꽂는 자리에는 천여 명의 병사들이 쫓아간다.

자신의 몸 하나 불살라 전쟁의 판도를 바꾸는 아버지와는 다른 길을 걸었다. 그의 손끝에서 수백의 병사가 죽고, 수천의 적군이 죽는다. 신화조차 숫자로 변하는 전쟁터에서 그는 누구보다 비정했다.

첫 전투를 끝낸 책사(策士)들은 악몽을 꾸곤 한다. 자신이 희생시킨 아군과 자신의 실수로 죽인 우리 편 장수들의 얼굴이 꿈에서 짓누른다. 전쟁 전까지 담소를 나누며 밥을 먹었던 사이다. 그 사람들을 사지로 몰아넣었다. 단순히 죄책감이라고 하기에는 부족했다. 원혼에 가까웠다. 자신의 실수로 죽인 자들의 혼이 몸을 짓누른다고 해도 과언이 아니었다.

그런 지독한 가위를 그는 단 한 번도 꾼 적 없었다.

첫날의 죄책감도 기침 한 번 뱉고 툭 털어 버리고는 아침에 홍차 한 잔 마시며 그날 전략을 구상했다.

비정(非情).

그는 책상 위에서 어떠한 영웅도 죽일 수 있고, 어떤 성도 공략할 수 있다.

그런 그가 출셋길이 막힌 이유는 뇌물을 안 써서도 아니고, 인간관계를 신경 쓰지 않아서도 아니었다. 오로지 막내를 만나기 위한, 막내를 보기 위한, 막내에 대한 걱정을 떨치기 위한…… 땡땡이다.

샨이 폭포에서 떨어졌다는 소식을 듣는 순간 그는 10만 대군을 앞에 두고 있었다. 한 걸음만 더 앞으로 나가면 중앙 대평원에 제국의 깃대를 꼽을 수 있었다. 그러나 그는 튀었다.

하나뿐인 동생을 보기 위해서.

군법에 의하면 사형이다.

만약 그가 그동안 어마어마한 공을 이룩하지만 않았다면 목이 진즉 날아갔을 거다. 설령 공이 있다고 해도 황제께서 재능 있는 신하에게 관대하지만 않았더라면, 아무리 싸게 쳐도 백의종군이다. 황제는 그를 처벌하는 걸 보류했다. 다만 그 절반의 병력을 내줬을 뿐이었다.

돌아온 그가 절반의 병력만으로 다시 그 땅을 되찾았을 때, 제국 누구도 그에게 사형을 내리자고 주장하는 이가 없었다. 황제께서는 그런 그에게 상도 벌도 내리지 않았다. 다만 한 달의 포상 휴가를 줬을 뿐이다.

다른 이들은 혀를 찼지만, 에론에게는 최고의 상이다.

그날로 짐을 싸서 샨과 함께 한 달 내내 놀았다.

호사가들 사이에서 이런 그가 소드 마스터인가에 대한 논쟁이 격렬하다.

보통 알테리온가의 사람들처럼 황제께 충성 서약을 하

고 기사가 된 것도 아니고, 누군가의 결투 신청을 받은 적도 없었다. 그는 문관(文官)이다. 그 흔한 군사훈련 하나 받은 적 없다. 그러나 딱 한 번 그가 검을 뽑은 일이 있었다.

"전 가야 합니다."

"차라리 내 목을 베고 가시오."

그 당시 에론은 미쳐 있었다. 막내 샨이 사고를 당했다는 편지를 읽는 순간, 정신이 나갈 것만 같았다. 전장 한복판이었지만 샨을 보러 가야 했다.

제국의 영광?

황제 폐하에 대한 충성?

등에 지고 있는 수많은 병사들의 목숨?

그 모든 건 막내 발톱의 때만도 못한 것들이다.

당시 샨은 몸이 너무 약해서 한 번 사고가 날 때마다 생사를 오갔다. 신관은 마음의 준비를 하라고 했다. 매번 전장에 끌려갈 때마다 에론은 매일매일 샨에게 편지를 쓴다. 아침은 먹었는지, 점심은 먹었는지, 저녁은 먹었는지. 간식은 무엇이며 들어간 설탕은 몇 스푼인지. 수면 시간은 몇 시간이며 정상적인 체중을 유지하고 있는지 등등.

보통 사람이라면 그의 편집증적인 집착에 돌아 버렸으

련만 샨은 불평 하나 없이 모든 질문에 하루도 빠짐없이 일일이 답장을 했다.

안녕, 형. 오늘은 날씨가 좋아. 아침은 감자 수프 300그램을 먹었고, 점심에는 큰형이 사슴을 잡아 뼐을 고아 왔어. 소금은 세 스푼, 설탕은 한 스푼만 사용했어. 정확한 그램 수는 잘 모르겠어. 벌꿀은 300밀리미터 넣었대. 총 칼로리를 생각하면 좀 지나친 것 같지만 살은 찌지 않아. 몸무게는 112그램 줄었지만 걱정할 건 아닌 것 같아. 저녁에는…….

전쟁에 끌려가자마자 에론은 가장 빠른 루트로 적을 공략할 방법을 생각했다. 최소의 희생은 포기했다. 피를 많이 흘리더라도 빠르고 확실하게 적을 짓밟고 샨에게 돌아가야 했다.

그렇게 열흘, 기어이 일이 터지고 말았다.

폭포에서 떨어졌다. 그 당시 샨에게 덮쳤던 불운은 상상을 초월하는 것들뿐이었다. 어째서 샨이 집 밖으로 나가서 왜 폭포에 떨어졌는지는 그리 중요하지 않았다. 샨과 함께 조금만 같이 살아 본다면 정말 어쩔 수 없는 일 때문에 집 밖으로 나가 어떻게 재수 없게 사람이 죽는지 알 수 있다.

삼 형제 중의 한 사람이라도 약하다면 샨을 지키지 못한다.

당시 샨은 지금보다 더 불운으로 몸을 똘똘 감싸고 있었다. 저승사자가 365일 샨을 못 잡아먹어 안달이 났나 싶을 정도였다.

이대로라면 전장을 나서기 전에 봤던 샨의 모습이 마지막일지도 몰랐다.

장군이 소리 질렀다.

"대체 무슨 생각이오! 그대는 전쟁을 하는 책사이지 사람을 살리는 사제가 아니지 않소! 달려간다 해도 무슨 도움이 되겠소?"

장군은 숨을 멈췄다. 분명 흥분으로 이성을 잃은 상황임에도 에론의 눈동자는 얼음처럼 차가웠다. 인간의 눈이 아니었다. 사람을 사람으로 보는 눈이 아니었다.

에론은 희고 가는 손가락으로 둥근 안경테를 추어올렸다. 그러고는 검은색 긴 머리카락을 단정하게 뒤로 묶었다.

그제야 장군은 깨달았다. 그의 허리춤에는 검이 두 자루 있었음을.

전장에서 단 한 번도 검을 쓰지 않는 사람이, 사실 그동안 내내 언제든지 뽑을 태세로 검을 손질하고 있었음을.

에론은 투명한 안경알 너머로 그를 바라보았다.

"저는 가야 합니다. 끝까지 막겠다면 베는 수밖에……."

진심이다.

장군은 목울대로 침을 삼켰다.

온종일 책상에서 시간을 보내는 문관이라고는 믿기 힘들 정도로 날카로운 살기다.

에론은 갑옷을 입고 있지 않았다.

문관들이 즐겨 입는 흰색 셔츠에 빨간색 숄을 어깨에 걸친 것뿐이었다. 낡았지만 고풍스러움이 전해지는 숄이었다. 전쟁터에서 주로 야영해야 하는 에론을 위해 샨이 한 땀 한 땀 직접 만들어 준 숄이다.

그 숄이 그토록 무섭게 느껴진 적이 없었다.

에론은 한 걸음 한 걸음 앞으로 걸어갔다.

"제 공식적인 특기는 병법입니다만, 사실은 다릅니다."

장군은 뒤로 한 걸음 한 걸음 물러났다.

살기가 장군의 심장을 찌르는 것만 같았다.

그가 알던 에론이란 책사는 전혀 다른 사람이었다. 움직이는 걸 싫어하고, 누구보다 집착이 강하고, 막내 이야기만 하면 바보가 되는 인간이었다. 그러나 지금, 투명한 안경알 안쪽에는 그 어떤 표정도 반사하고 있지 않았다.

"제 비공식적인 특기가 바로 사람의 살덩이를 도려내는 겁니다, 휀슈타인 장군님."

에론의 뒷말이 스산하게 귀를 울렸다. 장군이 검을 힘껏 뽑았다.

"말했잖소. 지금 떠나려면 내 목을 베고 가라고!"

그 말이 끝나는 순간, 장군의 왼팔이 하늘을 날아갔다. 에론이 검을 뽑는 광경을 그 누구도 보지 못했다.

그야말로 속검이었다.

검 끝에는 조금의 망설임도 없었다. 에론은 검을 한 바퀴 돌려 우아한 선을 그리며 집어넣었다.

"다음번에는 목입니다."

다행히 절단면이 워낙 깔끔해 장군의 팔을 봉합하는 데는 무리가 없었다. 그러나 그 일은 두고두고 회자가 되었다. 장군은 당시 제국에서 소드 마스터에 가장 가까운 이였다.

현재의 에론은 그때보다 더 강해졌으리라는 게 추측이다. 그러나 그 이후로 그가 검을 직접 뽑은 일은 없었다. 폐하께서 제국 확장 전쟁을 멈췄기 때문이 아니다. 그저 샨의 건강이 좋아졌기 때문이다.

샨이 자랄 때마다, 건강해질 때마다 에론은 어머니를 떠올리곤 했다.

어머니께서 돌아가시기 전에 샨을 부탁한 탓도 있지만, 샨은 형제들 중 가장 어머니를 닮았다.

그런 미모를 갖고도 애교 하나 없는 성격까지도 어머니를 닮았다. 그렇기에 에론은 늘 샨이 걱정됐다.

형의 품을 떠날 것 같아 불안하기도 했다.

그래서 더욱 율케스를 혹독하게 가르쳐야 했다.

어떤 망나니도, 나쁜 자식도 샨의 털끝 하나 못 건드리도록.

그러지 못한다면 훈련 중에 죽는다고 해도 상관없다.

약한 친구는 샨에게 필요 없으니까.

"하루에 5회, 직접 대련해 드리지요. 뼈가 부러지고 팔이 날아간다고 해도 알테리온가에는 좋은 약이 있고, 샨은 일류 외과의 실력을 갖고 있으니까요."

율케스는 목울대로 침을 꿀꺽 삼켰다.

상대는 진심이었다.

진심으로 율케스를 가르칠 셈이었다. 배우지 못한다면 죽여 버리는 한이 있어서라도 박아 넣을 셈이었다.

율케스가 대답했다.

"오히려 제가 바라던 바입니다."

에론은 자세를 낮췄다.

"좋은 마음가짐이군요."

그리고 그가 검을 뽑았다. 칼날이 섬광처럼 율케스를 덮쳤다.

11.

같은 시간, 샨은 3층에 갇혀 있었다.

이건 부당한 처사다. 형들 모두 무예를 익혔다. 그런데 샨만이 재능 없다는 이유 하나로 이렇게 유폐 당한다는 게 말이 되나.

그게 샨, 자신을 위해서라니.

아무리 검에 재능이 없다고 해도 기회조차 주지 않는 건 들어 본 적도 없었다.

이곳은 대륙 최강의 무가(武家) 알테리온이 아닌가!

샨은 문을 쾅쾅, 두드렸다. 그러나 대답이 없다. 가솔들 역시 아버지께서 단단히 당부를 했는지 이렇게 불렀는데도 들여다보지도 않았다.

카이만이 샨의 손에 이마를 가져다댔다.

"마마, 이 문 부술까……?"

"안 돼. 없는 집안 살림에 이거까지 부숴 먹으면 아버지 진짜로 운다."

알테리온가에 절대로 해서는 안 되는 짓 세 가지가 있다.

1. 화난다고 물건 던지기

2. 화난다고 집 부수기

3. 화난다고 사람 치기

세 번째 조항이야 당연하다고 쳐도, 첫 번째 두 번째 조항도 세 번째만큼이나 엄격하다.

물건에는 죄가 없다. 물건이 무슨 죄인가!

이 집안을 위해 일해 준 가련하고 선량하고 특히 '비싼' 물건들을 깨먹는 놈은 천벌을 받아야 마땅하다.

그럼에도 알테리온가의 소중한 재산을 부러뜨리는 놈이 있으면 똑같은 방법으로 아버지가 직접 부러뜨리러 오신다.

너도 물건의 심정을 느껴 보라고.

물론 부순 게 비싼 물건일수록 아버지의 응징은 더욱 처절해지신다.

문이 너 때문에 얼마나 아팠겠냐고. 너도 직접 깨져 보라고.

300년 된 동대륙산 청자가 너 때문에 얼마나 괴로웠겠느냐고. 청자의 고통을 너도 느껴 보라고, 300년 동안 녀석이 겪은 고통을 한번 성찰해 보지 않겠느냐고. 죽이지는 않을 테니 그저 고통을 성찰해 보라고.

그중 백미는 삼남 아르고 형이 에론 형과 다투다 아버지가 아끼는 뱀술 항아리를 깨 버렸을 때 일이다.

뱀도 그냥 뱀이 아니다. 남대륙 정글을 지배하던 마수 킹 드레이크로, 길이가 300미터가 넘는 초대형 뱀이다. 그 놈의 눈알과 독니, 그리고 내단과 힘줄을 건져서 술로 담근 것으로 2미터짜리 대형 항아리에 술 부어놓고 드시던 놈이었다.

아르고 형이 그것을 깨 버린 날. 아버지는 킹 드레이크가 겪었던 모든 고초를 형에게 시전했다.

한마디로 주먹으로 다져 버렸다.

그날 샨은 아버지가 어떻게 킹 드레이크를 잡아서 술로 만들었는지 모든 과정을 엿볼 수 있었다.

그날 이후로 그 누구도 집 안에 있는 물건을 부수지 않았다. 아무리 화가 나도 일단 밖으로 나가서 싸웠다. 이 집안에서 물건을 소중히 여기지 않는 자는 죽어 마땅했다.

그건 샨에게도 똑같았다.

물론 샨이 부순다고 아버지가 패지야 않으실 거다.

에론 형은 처음부터 아버지께 맞을 일은 없고, 리오 형이나 아르고 형 같은 강골은 일이 주 앓아눕고 나면 훌훌 털고 일어난다. 그러나 샨은 죽을 수도 있다.

그건 아버지가 더 잘 알고 있었다.

만약 샨이 이 문짝을 부순다면 패지야 않으실 거다. 다만 잔소리와 함께 이걸 빌미로 더 오랫동안 감금시켜 버리실 게 분명했다.

샨은 창문을 열고 한숨을 쉬었다. 3층이 이렇게 높은 줄은 몰랐다.

"어떡하지?"

카이가 날개를 펼쳤다.

"마마, 날자."

"응?"

"내가 마마를 태우고 날면 되지 않을까?"

확실히 카이는 그 정도로 자라긴 했다. 샨이 고개를 저었다.

"카이는 한 번도 누굴 태우고 난 적은 없었잖아."

"응. 하지만 자신 있어."

카이가 날개를 퍼덕였다. 샨이 이마를 긁적였다.

"괜찮을까?"

"마마 다른 방법 있어?"

샨은 침을 꿀꺽 삼켰다.

"좋아. 해 보자. 까짓 거 죽기야 하겠어?"

카이는 창문에 걸터앉아 한쪽 날개를 펼쳤다.

바람이 불어왔다. 카이의 몸이 부드럽게 흔들렸다. 샨은 카이를 붙잡았다.

"정말 괜찮을까?"

"응, 자신 있다니까!"

이걸 믿어야 하나 말아야 하나.

샨은 마음을 단단히 먹고 카이의 등에 올라탔다. 안장이 작아서 걸터앉기 어려웠다. 원래 안장은 성장할 때마다 갈아 줘야 하는데, 카이가 너무 빨리 자라니 그럴 시간이 없었다.

카이는 커다란 날개를 양쪽으로 펼쳤다. 바람을 느끼고 있는 모양이었다. 샨은 카이를 꽉 붙잡았다.

"간다!"

"응."

카이는 발을 힘차게 굴러 창밖으로 뛰어내렸다.

양 날개가 바람을 타고 우산처럼 활짝 부풀었다. 몸이 가벼웠다. 카이는 날개를 저었다.

그러나 둘은 추락했다.

12.

마침 아르고는 식사를 들고 샨이 갇힌 방을 향해 올라가고 있었다.

에론 형이 사랑하는 동생을 위해 장장 세 시간이나 씨름해서 찐 돼지갈비와 밀가루를 반죽해서 얇게 구운 전병을 쌓아 놓았다. 갈비는 살코기만 골라서 쪘으니 전병으로 돌돌 말아 먹기 좋았다. 거기에 꿀과 아몬드, 각종 향신료를 뿌렸다.

이거라면 샨의 기분도 풀리리라.

계단을 오르던 아르고는 문득 걸음을 멈췄다.

창밖에 샨과 카이가 무모한 도전을 하고 있었다.

연습도 안 한 용을 타고 탈출하다니, 100퍼센트 추락이다.

그는 접시를 창가 선반에 내려놓고는 창문을 열어젖혔다. 샨이 떨어지자 아르고는 튀어갔다. 사람이 아무리 빨리 달려도 중력의 법칙을 이길 수 없었다. 그러나 아르고가 소매를 털자 표창이 날아가 샨의 소매를 정확하게 붙잡아 벽에 박아 버렸다.

관통하는 건 쉬워도 이렇게 붙잡는 건 물리 법칙상 한없이 불가능에 가까웠다. 그러나 아르고는 자각조차 하지 못할 정도로 너무 쉽게 해냈다.

샨이 벽에 박히자 카이는 그제야 날갯짓을 해서 날아올

랐다.

"마마!"

아르고는 샨을 붙잡았다. 샨의 몇 벌 없는 평상복이 찢어졌지만 상관없었다.

이 핑계로 최고급 비단으로 옷을 맞출 테니까.

그는 고양이처럼 사뿐하게 3층 높이에서 착지했다. 두 사람이라 몸무게가 제법 됐을 텐데도 땅에 착지하는 소리가 들리지 않았다.

"아, 미안해. 형, 나……."

샨이 형의 품에서 빠져나가려 하자 아르고는 오히려 샨을 꽉 끌어안았다.

"병신아, 그렇게 나가고 싶었으면 내게 말이라도 하지 그랬냐. 죽으면 어쩌려고 그랬어?"

"죄송해요. 그게 밖으로 너무 나가고 싶어서 그랬어요. 아빠한테는 비밀로 해 줄 거죠? 형, 제발……."

아르고는 그제야 샨을 내려놓았다.

"내가 네 말 안 들어 준 적 있냐?"

아르고 형은 마지못해 샨을 놔주며 툴툴거렸다. 그러나 샨은 알고 있었다. 늘 껄렁한 깡패 같은 거친 말투를 입에 달고 살던 아르고 형이지만, 단 한 번도 샨에게는 욕설을 써 본 적 없음을. 그리고 그런 형이기에 단 한 번도 샨의 부탁을 거절한 적이 없음을.

맏형 리오가 동생을 지극히 아끼는 정도라면, 삼남 아르고는 거의 광신도 수준이었다. 아마 샨이 목마르다고 바닷물을 마시겠다고 하면, 염분 과다로 몸이 상할 걸 알면서도 바닷물을 퍼다 줄 형이었다.

물론 샨이 염분 중독에 걸리면 무슨 수를 써서라도 도로 치료해 놓기도 하겠지만.

아르고는 머리를 벅벅 긁었다.

"차라리 밖으로 나가자. 내가 어떻게든 도와줄 테니 이런 위험한 짓은 하지 마."

카이가 내려왔다. 그는 카이를 한 번 돌아보더니 입을 열었다.

"너도 안장 새로 하자. 네 몸에 비해 너무 작아."

샨이 물었다.

"이런 상황에서 나가도 돼요?"

"너 이렇게 가둬 두고 아버지 마음도 편치 않으실 거다. 너 기분 전환할 겸 며칠 바람 쐬고 오겠다고 하면 허락하실 거야. 비행 연습은 거기서 하자."

아르고 형은 늘 이랬다. 이런 면 때문에 샨은 자신도 모르게 아르고 형에게만큼은 응석을 부리게 된다.

"네! 그럴게요."

아르고는 샨의 머리를 쓰다듬었다. 아르고 형이 말했다.

"밥해 놨으니까. 그거 먹고 있어. 허락받고 올게."

아르고 형은 수완 좋게 아버지를 구슬렸다.

그렇게 좋아하던 걸 억지로 막았으니 애 속이 얼마나 타겠냐, 이번 일은 아버지도 심하셨다, 이렇게 가둬둔들 해결될 일도 아니니 같이 며칠 바람이나 쐬고 오겠다, 방학은 길지 않느냐, 지금 이런 상황에서 내가 샨을 돌보지 누가 샨을 돌보겠냐 등등. 가뜩이나 말도 청산유수인 놈이 샨 이야기까지 걸리자 혀에 기름칠이라도 한 것 같았다.

결국 아버지도 마음이 동했는지 허락했다.

삼남 아르고가 샨을 독차지한다는 말을 듣고 장남 리오와 차남 에론은 이를 갈았지만, 인생은 타이밍이다. 이미 버스는 떠난 후였다.

티스와 율케스의 성장은 눈부실 지경이었다.

티스는 천재였고 율케스는 마물의 주인. 인간을 뛰어넘는 반사 신경을 갖고 있었다.

재능 있는 놈을 가르치는 건 즐겁다. 이 속도라면 그럭저럭 만족할 만한 수준이 나올지도 모른다. 아버지는 내심 기대하고 있었다.

다음 날, 샨은 짐을 꾸렸다.

트렁크가 반쯤 부풀어 올랐을 때, 아르고 형이 방에 들어왔다.

"옷까지 챙겨 가는 거야?"

"응, 갈아입을 옷이랑 속옷 정도."

아르고는 턱을 긁적였다.

"가서 사면 되지. 그 많을 걸 어떻게 바리바리 지고 가냐?"

"낭비하면 안 되죠."

"저 팬티는 빛도 바랬구만, 저걸 넣어가?"

"두 번이나 꿰맨 거고, 아직도 쓸 만해요."

너덜너덜한 팬티를 부여잡고, 아직 흡수도 잘되고 통풍도 잘된다는 변명을 하고 있는 막내를 보고 있으니, 아버지가 애를 심히 잘못 키웠다는 생각이 들었다.

그래도 귀족 아닌가.

아무리 없이 산다고 해도 이런 속옷 하나 못 사 줄 정도는 아니다.

아르고는 두말없이 샨의 팬티를 뺏어서 창밖으로 집어던졌다.

"아, 형!"

"어이쿠! 손이 미끄러졌다."

"혀엉!"

아르고는 샨의 트렁크를 집어 들더니 샨의 키가 닿지 않는 높은 선반 위에 척 올려놓았다.

"이것도 챙겨가려고 하면 내 손이 또 미끄러지는 걸 볼 수 있을 거다. 아우야."

완강한 태도에 샨은 작게 한숨을 쉬었다.

"알았어요. 형, 대신!"

"음?"

샨이 형을 향해 검지를 척 치켜들었다.

"낭비는 안 됩니다. 제가 미안해서 그래요."

"그래그래."

이놈의 막내는 뭘 줘도 그냥 받는 법이 없다. 그렇다고 해도 천하의 누베스 대상단 주인의 동생이 저런 걸레짝 팬티가 아까워 기워 입고 다닌다는 게 용서가 안 된다.

그는 샨의 허리를 쥐고는 번쩍 들어 올렸다.

"으악, 형!"

그러고는 짐짝 메듯 어깨에 들쳐 메고 계단을 내려갔다.

"형 내려줘요. 으악! 으아악! 이게 무슨 짓입니까!"

"니가 무슨 아줌마냐? 왜? 밥값 아깝다고 도시락이라도 싸 가지그래?"

샨이 저항을 멈추고 눈을 동그랗게 떴다.

"……어떻게 알았어요?"

"말을 말자."

아르고는 그대로 기차역으로 직진했다.

13.

누베스 상단.

이렇게 궁상맞게 사는 집구석이 너무 싫다고 훌쩍 집을 떠난 아르고 형이 만든 상단이다. 아르고 형은 예전부터 늘 아버지와 싸웠다.

열 손가락 깨물어 안 아픈 손가락 없다지만, 아버지에게 있어서 아르고 형은 꼭 말썽을 부리는 손가락이다.

자식이지만 성격은 더럽게 안 맞고, 그렇다고 미워할 수도 없는 그런 부자지간이다. 덕분에 10대 때는 반항과 가출을 밥 먹듯이 했고, 17세가 되는 순간 아주 집을 나와 자신만의 길을 개척했다.

대신 샨과 오랫동안 떨어져 지내야 했다. 다시 만났을 때는 샨이 부쩍 큰 후였다. 아르고에 대한 기억이 어릴 때밖에 없었던 샨은, 저도 모르게 형에게 존댓말을 쓰게 되었다.

에론처럼 섬세한 성격이라면 상처를 받았네, 어쩌네, 궁상을 떨었겠지만 아르고는 신경 쓰지 않았다.

오히려 샨의 세 형들 중에 자신만 특별 취급받는 것 같아 은근히 즐기기도 했다.

샨과 떨어져 있는 동안 형은 어떻게 하면 돈을 쉽게 벌 수 있을까 고민했단다.

형은 말발도 좋고, 계산도 빠르다. 그러나 그런 건 다른 상인들도 마찬가지였다. 그렇기에 남과 다른 장사를 해야 했다. 그래서 택한 게 중계 무역이다.

형은 누구보다 강했으니까.

지금이야 용병 출신인 상단 식구들을 키워서 파견 보내지만, 그때는 직접 몸으로 부딪쳤다. 거대 마수 샌드 웜을 처치하고 서대륙과의 유통로를 뚫고, 해양 괴수 크라켄을 직접 키운 상단 식구 30명과 함께 무찔렀다. 거기서 그치지 않았다.

크라켄의 둥지를 수색해 알을 입수, 직접 길들이고 있단다.

제국의 남쪽에는 크고 작은 섬들이 왕국을 이루고 있다. 지하자원이 풍부해 무역하기 좋은 곳이지만 바다가 거칠고, 해양 괴수들이 많아 한 번 오갈 때마다 목숨을 걸어야 했다.

형은 겁도 없이 항로를 개척했다.

젊은 나이임에도 그 명성은 제국 밖에서도 유명하다.

누베스 상단 본사는 항구도시 라카페에 있다. 인구 10만 정도의 대도시로 언제나 배가 끊이지 않는 곳이다. 그곳 가장 큰 건물에 누베스 상단은 자리를 잡았다.

"정말이야? 진짜로 지금 돌아오신다고?"

"동생분과 오신댔어. 나이 차가 많이 난다던데?"

직원들은 벌써 환영회 준비에 열을 올리고 있다. 집안에서야 넉살 좋은 삼남이지만, 밖에서는 아르고만큼 까다로운 상사가 없다.

우선 상단 안은 금연이다. 물품에 담배 냄새가 조금이라도 배면 물품 액수에 비례해서 봉급이 삭감된다. 청소는 직원들끼리 교대로 하는데, 복도는 얼굴이 비칠 정도로 닦아야 하고 화장실은 혀로 바닥을 핥아도 될 정도로 닦지 않으면 안 된다.

당연히 혀로 핥아도 될 정도로 깨끗하게 닦아야 한다.

가끔 진짜로 핥아 보라고 시키니까.

그만두고 튈 수도 없다. 악덕 사장, 아르고와 쓴 고용계약서 탓에 그만두는 것조차 불가능하다. 술 처먹고 쓴 계약서지만 어겼다간 어떤 응징을 할지, 상상을 하는 것만으로도 끔찍하다.

누베스 상단의 사장 아르고에 대한 악명은 이 밖에도 유명하다. 시간급으로 일을 하는 직원의 경우 지각하게 되면 1초마다 소수점 단위로 돈을 깎는다거나, 누베스 상단 카운터 뒤쪽 액자에 '사장이 보고 있다.'라는 글이 일필휘지로 쓰여 있다든가.

여름에는 그 돈 많은 상단 홀에 냉각 마법 쓰는 것이 아까워 직원들에게 얼음 생성 마법을 스파르타식으로 직접 가르쳐서 우려먹는다든가.

같이 일하는 직원들조차 그의 재산이 얼마인지 알 수가 없었다. 그걸 물어볼 때마다 아르고는 껄껄 웃으며 네가 얼마나 한가했으면 내 안부에 대해 궁금해하냐며 지붕 위에 던져 놓고 벽돌 하나하나 칫솔로 닦게 시킨다.

그게 바로 아르고가 돈 많고 잘생기고 젊은 사장이지만 여직원 누구도 그에게 찝쩍이지 않는 이유다.

다음 날, 샨은 악덕 사장 아르고와 함께 누베스 상단 본점에 도착했다.

"우와!"

5층 저택 위에 파란색 지붕이 뾰족하게 얹어 있었다. 입구는 조개 타일로 장식했는데, 얼마나 윤을 냈는지 조개껍

데기에 얼굴이 반사될 정도였다.

"어때?"

샨이 눈을 반짝반짝 빛냈다.

"형 대단한 사람이었군요!"

아르고는 샨의 눈빛을 마주한 순간 행복감이 치밀어 올랐다. 바로 이런 거였다.

동생이 보내는 존경의 눈빛!

이걸 받기 위해 노력해 왔다고 해도 과언이 아니었다.

아르고의 입가가 히죽 풀렸다.

"형 멋있지? 형 대단하지? 이제야 이 형의 진가를 알아보겠어?"

누베스 상단 직원들은 잠시 눈을 의심했다.

첫째로 아르고 사장과 같이 온다는 사람은 분명 남동생인 걸로 알고 있었다. 그런데 그의 옆에 있는 건 소년이라기보다는 소녀에 가까운 외모였고, 엄청난 미인이었다.

둘째로는 잔인하고, 사악하고, 악랄하며, 냉혹한 그 사장이 얼굴에 근육을 풀어헤치고 연신 실실 웃고 있었다.

"저기…… 남동생 아니었어?"

"아니, 그전에 저분 우리 사장님이 맞아?"

그러나 그것도 잠시, 아르고는 타일 사이를 손톱으로 쓰윽 긁어 보더니 물었다.

"오늘 청소 담당 누구심까?"

신참이 어색하게 손을 들었다.

"저, 전데요?"

걸렸다.

직원들은 동시에 서로 눈으로 이야기하기 시작했다.

'너 왜 안 가르쳐 줬어?'

'창틀 닦으라고는 했는데, 타일 사이도 닦으라는 걸 깜빡했다.'

'미쳤냐아? 벼락 맞고 싶어서 그래?'

'아오, 미친 사장놈이 오늘 올 줄 누가 알았냐?'

누베스 상단 직원들에게는 신기한 능력이 있다. 그들은 사장의 폭정 속에서 수없이 많은 해를 보내며 서로의 눈만 봐도 무슨 생각을 하는지 알게 되는 능력을 얻게 됐다. 그러나 들어온 지 한 달 남짓한 신참이 그 기술을 익히기에는 시간이 부족했다. 그러나 그의 사장이 얼마나 성격이 더럽고, 개 같고, 지랄맞은지 익히 들어 알고 있다.

어떻게 모를 수가 있을까.

사장이 손을 들었다. 따귀라도 때리는 건가. 이를 악물었는데, 난데없이 그는 직원 머리 위에 손을 얹었다.

"음, 처음치고는 잘하셨음다. 다음번에는 더 열심히 하길 바람다."

"……!"

직원들이 경악에 질려 입을 쩍 벌렸다.

그들은 동시에 생각했다.

'저놈이 드디어 돌았구나.'

'아니면 고도의 괴롭힘일지도 몰라. 안심시켜 놓고 뒤통수를 까는 거지. 저 새끼 그런 거 잘하잖아.'

'말려 죽이려는 게야. 분명히 피를 말려 죽이려고 저러는 게야.'

직원들의 경악과 공포를 뒤로한 채 아르고는 샨을 향해 말했다.

"상단이 마음에 드니?"

"네, 아르고 형. 엄청 괜찮아 보여요."

아르고는 직원을 시켜 샨이 묵을 방을 미리 정리하도록 했다. 청소의 스페셜리스트인 고참 직원 몇을 지목해 극진히 모시라는 분부도 잊지 않았다.

대체 뭐하는 동생이기에 극진히 모시기까지 하나?

그러나 아르고 사장의 명령은 절대적이다. 토를 달거나 물어보면 안 된다.

그냥 해야 한다.

샨이 늦은 점심을 먹고 방으로 올라갈 때까지 직원들은 카펫을 뜯어 먹어도 좋을 정도로 깨끗하게 닦았고, 샹들리에는 핥아도 좋을 정도로 윤을 냈다.

아르고 형의 또 다른 얼굴을 모르는 샨은 직원들이 정말 열심히 구나, 하고 감동했다. 카이가 쓸 조약돌 침대는 얼마나 잘 챙겨 놨는지 돌 위에 앉기가 송구스러울 정도였다. 카이는 환호성을 지르며 자신의 침대에 누웠다. 카이의 몸집이 큰데도 모두 들어갈 수 있을 정도로 넉넉히 조약돌을 채워 넣었다.

한쪽 책장에는 각종 희귀 서적들이 꽂혀 있었다.

샨을 위해 미리 준비해 놓은 책들이었다.

"우와!"

샨은 감탄하며 책을 뽑아 읽어내려 갔다.

같은 시간, 아르고는 직원들을 갈구고 있었다.

Chapter 2

누베스 상단의 마왕님

1.

“그러니까 왜 장부가 이따위임까? 이 병신아.”

아르고는 장부를 집어 던졌다. 직원들은 작게 한숨을 쉬었다. 저 악랄한 사장 밑에서 일하는 이유는 간단했다. 10년 만기 노예 계약이 다 끝나지 않았기 때문이다. 법적으로는 전속 계약이라고 부르고 직원들은 속칭 노예 계약이라고 부르는 그 계약은 한 번 사인을 하는 순간, 10년 동안 아르고의 종살이를 살아야 한다는 걸 뜻한다.

보는 사람의 눈을 피곤하게 하는 36줄 4페이지 계약서는, 계약을 무단으로 파기하고 튀는 순간 사람을 어떻게 합법적으로 응징할 수 있는지 잘 명시되어 있었다.

계약서 8조항에는 아르고의 말에 무조건 복종해야 할 것과 이를 어길 시 임금이 깎일 수 있다는 것이 명시되어 있고, 심지어 9조항에는 상단 운영 중 직원의 과실 때문에 발생한 손해는 그 직원이 100퍼센트 변상해야 한다는 것과 10조항에서는 그 돈을 갚지 못하면 근무 연수가 늘어난다고 친절하게 명시되어 있다.

사람 좋은 미소를 짓는 사장이 상단을 많이 비우기에 성실한 사람을 모집한다며 사람을 꼬드긴 후 밥 먹이고 술 먹이며 하루 만에 형 아우라며 사이를 튼다.

그렇게 되면 사장이 내민 계약서를 보고 깨알 같은 글씨를 일일이 읽으려다가도 '별 이야기 없어. 복잡한 법 이야기야. 둘째 줄에 받을 월급이랑 근로 시간 적혀 있으니까 그거 확인해.'라는 한 마디로 사인을 하게 한다.

계약서에 이름을 적는 순간 아르고의 노비 1호가 만들어지는 거다.

그렇게 만들어진 노비의 수가 총 42명. 그나마 그 수가 정규 직원들이지 3개월 정도만 하고 가는 임시 직원들의 수는 더욱 많다.

지금 이 순간에도 꾸준히 그의 노비들이 늘고 있었다.

그런 그가! 장부를 보고! 포효 중이다!

"지금 이게 어떻게 된 짓이냐고! 나갔다 오는 동안 왜 이렇게 매출이 줄어 있는데!"

그래도 직원에게 존댓말을 한다는 게 유일한 미덕이었으나 흥분하면 그나마도 없다.

샨이 사라지자 다시 원상 복구된 사장을 바라보며 직원들은 작게 한숨을 쉬었다. 이윽고 가장 키가 큰 직원이 총대를 멨다.

"그게 사장님, 상회 앞에서 행패를 부리는 놈이 있어서……."

"행패? 일대 마피아들은 우리 편이잖아. 이번 달 보호비도 완납했는데?"

"그게…… 경쟁 상회거든요."

그 말에 아르고는 재빨리 경쟁 상회 몇을 손가락으로 꼽았다. 아르고는 강하다. 그러나 강하다고 마피아 같은 놈들과 싸울 정도로 무식하진 않다. 한 번 전쟁을 치를 때마다 필요한 무깃값과 용병값을 계산하면 보호비를 주는 게 훨씬 싸게 먹힌다.

그러나 경쟁 상회가 들어왔다면 이야기는 달라진다.

"상회 이름이 어딘데?"

"마이어하트 상회요."

그 말에 아르고가 이마를 찌푸렸다.

"설마 그 마이어하트 가문?"

"네, 최근에 화룡 플라멜을 접수했죠."

"거기가 왜?"

"거기 도련님이 후계자 수업으로 올라왔어요. 직접 상회를 굴리는 모양인데 견제가 장난 아니에요."

"후계자 이름이 크롬 마이어하트였던가?"

"네."

유서 깊은 마이어하트 가문에서 운영하는 마이어하트 상회는 아르고가 만든 누베스 상단의 스무 배, 아니 그 두 배쯤 더 오랜 전통을 갖고 있다.

최근에야 만들어진 누베스 상단이 이만큼 확장할 수 있는 건, 마이어하트 상회가 철저하게 방어적인 사업을 했기 때문이다.

그러나 새로운 후계자가 그런 전략을 계속 고수하리라는 법은 없다. 특히 이만큼 사업에 타격을 줬다는 건 기존의 전략은 버린다는 의미가 강했다.

"어떻게 할까요?"

"어떻게 하긴. 은혜는 물에 새기고 원수는 돌에 새겨야지."

아르고의 신조다. 은혜는 빨리 잊어 먹고, 원수는 지옥까지 따라가서 복수를 해 줘야 하는 게 그의 사업 스타일이다.

죽는 그 순간까지 필살의 각오로 원수의 등에 칼을 꽂아 넣는다!

"당하고는 못 살지."

그는 손가락을 우득우득 풀었다.

언젠가는 한 번 부딪칠 날이 올 거라고는 예상했다. 다만 그게 오늘이 될 줄은 몰랐다.

그렇다고 해도 앞으로 할 일에는 변함이 없었다. 부수는 것. 철저하게 부숴서 두 번 다시 돌아보지 못하게 하는 것.

"뭐, 세상 물정 모르는 도련님 엉덩이를 두들겨 줘야 하지 않겠어?"

그가 씨익 웃자 직원들의 등에 소름이 오도독 돋아났다. 그가 그렇게 웃을 때면 언제나 피바람이 몰아치곤 했다.

2.

샨은 마지막 책장을 덮고는 깊게 숨을 내쉬었다.

재미있는 책을 읽고 나면 늘 이렇게 여운이 남는다. 특히 열린 결말일 때 더욱 그랬다. 열린 결말 소설은 작가가

독자를 배신하는 것 같아서 별로 좋아하지는 않지만, 그래도 이런저런 상상을 하게 된다.

그래서 주인공은 살았을까, 죽었을까?

후속작은 나오는 걸까?

책이 잘 팔리면 자연히 후속작이 나오겠지만 어중간하게 팔리면 더 애가 탔다. 그래서 주변 사람들에게 사 보라고 강요도 해 보고 책을 빌려줘서 전파도 해 본다.

의외로 방법이 먹히는지 후속작이 나올 때면 뛸 듯이 기뻤다.

방금 샨이 읽은 책은 상단간의 혈투를 그린 소설이다. 한창 재미있어지려는데 열린 결말로 끝내 버려서 화가 났지만, 여운은 무척 오래갈 것 같았다.

이대로라면 한 달간은 이 책만 생각할 것 같았다.

넬과 단테스에게 사서 보라고 권유해 볼까, 책이 많이 팔리면 다음 권이 나오려나.

그런 생각을 하며 밖을 보니 슬슬 하늘이 어두워지고 있었다. 아래층으로 내려가니 아르고 형이 직원들에게 뭔가를 지시하고 있었다. 일하는데 방해하는 것이 미안해 홀로 산책하러 나가기로 했다.

"마마, 나도 데려가."

데리고 가고 싶은 마음은 굴뚝같지만, 지금 카이는 너

무 커져 버렸다. 어디를 가나 눈에 띌 게 뻔했다. 샨은 카이에게 말했다.

"혼자 다녀올게."

"싫어. 싫어어!"

어쩐다.

샨은 머리를 긁적였다. 카이와 함께 나가서 동물원 서커스 꼴이 되느냐, 아니면 원망을 듣는 한이 있어서라도 홀로 조용히 나갈 것인가.

샨은 원망도 듣지 않고 카이에게 원망도 듣지 않기로 했다.

"올 때 맛있는 거 사 올게. 뭐 먹고 싶어?"

카이가 눈을 빛냈다.

"양고기!"

"알았어."

"돼지고기도 좋아!"

"사 올게."

샨은 카이의 콧잔등을 쓰다듬고는 지갑을 챙겨 밖으로 나갔다. 샨의 용돈은 아버지가 주신다. 전부터 아르고 형이 직접 주고 싶어 하는 눈치지만 그렇게 되면 큰형도, 둘째 형도 주겠다고 지갑을 꺼낼 게 분명하다.

막둥이는 이래서 고민이다. 갖고 싶은 게 있다고 하면

다음 날 똑같은 물건을 네 개 받는다. 아버지 것, 큰형 것, 둘째 형 것, 셋째 형 것. 결국 갖고 싶은 게 있어도 말하기가 어려워진다.

샨은 지갑 안에 든 동전을 세고는 밖으로 나갔다. 바닷가 특유의 비린내가 콧속을 파고들었다. 인부들이 생선을 나르며 부지런히 움직였다.

항구도시가 맞는 모양이다. 가족들은 깨닫지 못한 모양이지만 샨은 단 한 번도 바다를 본 적이 없었다. 이런 이야기를 할 수는 없었다.

분위기가 우울해질 테니까.

집 사이로 파란색 긴 띠가 보였다. 저게 바다인가 싶어 부지런히 비탈을 내려갔다. 짠 냄새가 점점 더 진해져 갔다. 바람이 샨의 머리칼을 타고 솟아올랐다. 샨은 그만 모자를 놓쳤다. 밀짚모자가 해를 가리고 멀리 날아올랐다.

그 위로 흰색 커다란 새가 날아갔다.

"저게 갈매기구나."

책에서만 보던 걸 직접 보니 심장이 뛰었다. 샨은 모자를 쫓아 걸어갔다. 마침내 모자가 바닥에 떨어졌다. 샨은 손을 뻗어 모자를 주웠다. 아니 주우려 했다.

바람이 다시 불어 모자가 뒤로 날아간다. 샨은 아까보다 빠른 걸음으로 모자를 향해 간다. 손을 뻗자 기다렸다는 듯 바람이 다시 불어온다.

샨은 살짝 뺨을 부풀리고는 모자를 향해 달려갔다. 마침내 몸을 던지다시피 모자를 집어 올렸다.

"우와!"

길 하나 건넜을 뿐인데 아까와는 전혀 다른 풍경이 펼쳐졌다. 커다란 배가 항구 위에 줄 지어 있었다.

바람술사들이 배 위에서 순풍을 기원하자 돛이 터질 것처럼 부풀어 올랐다. 바람술사들의 망토에는 화이트 타워 길드 마크가 박혀 있었다. 바람은 화이트 타워의 권능이다. 그들은 바람 위를 걷고, 바람을 통해 소식을 나른다. 그들은 바람의 숨겨진 이름을 깨닫고, 바람을 향해 밀어를 속삭인다. 바람을 부려 배를 밀어 올리고, 폭풍을 잠재운다.

대륙 간 장거리 항해에 꼭 필요한 사람들이다. 그런 바람술사들이 뱃머리마다 한 명씩 서서 돛에 주문을 건다. 그 아래로 선원들이 짐을 들고 올라간다.

여자가 배를 타면 재수가 없다는 미신이 있다. 그래서 그런지 선원들은 모두 남자다. 늙은 선장들은 귀하다는 바람술사들조차 여자면 배에 태우지 않는다. 뱃사람들은 미신을 믿는다. 자신이 여태 바다를 헤쳐 살아남은 이유가 이 미신들을 꼬박꼬박 지켰기 때문이라고 믿기 때문이다.

땀 냄새가 물씬 풍겨 왔다.

샨은 제방을 따라 쭉 걸어갔다.

파도 소리가 울렸다. 노래를 흥얼거리며 난간 위로 올라갔다. 양팔을 벌려 균형을 잡고, 고양이처럼 사뿐사뿐 걸어갔다. 지하 비고에서 소드 패스를 뚫은 후, 다리가 가벼워졌다. 이것보다 훨씬 좁은 난간도 흔들림 없이 걸을 자신이 있다.

마침내 항구가 끝나고 백사장이 모습을 드러냈다.

금색 모래 위로 하얀 물거품이 부서진다. 샨은 신발을 벗고 아이처럼 달려갔다.

"우와!"

물결이 복숭아뼈를 쓸고 지나간다. 시원하다. 책에서 본 것처럼 물이 끝없을 정도로 이어졌다. 내친김에 바지를 무릎 위까지 걷어 올렸다. 더 깊이 들어가고 싶었다.

그때 파도가 화악 밀려왔다.

샨은 그만 엎어졌다.

"으아, 다 젖었네."

그래도 기분 좋다. 샨은 기분이 좋은지 바닷속으로 뛰어들었다. 이왕 젖은 김에 끝까지 놀아 볼 참이다.

같은 시간, 크롬은 누베스 상단에 전쟁을 선포했다.

항구도시 라카페는 무역의 요충지다. 마이어하트가의 영지와 거리도 가까운데다 해양자원도 풍부하다.

아버지 대까지만 해도 마이어하트 상회는 영지 안에서만 활동했지만, 그건 마이어하트가의 영지가 일개 왕국에 맞먹을 정도로 광활하기 때문이고, 이제는 그것만으로는 부족하다. 새 시대에는 사업을 더 확장할 필요가 있다.

크롬은 사업 확장의 야망을 품고 아버지에게 허락까지 받고 분점을 차려 나왔다.

마나 열차의 발명으로 교통은 날로 발달하고 있다. 영주들이 조세만으로 수입을 얻던 시대는 끝났다.

새천년의 마이어하트가는 영지의 경계를 넘어 대륙으로 확장해 나가리라.

크롬의 야망이 불타올랐다.

처음에는 누베스 상단을 쉽게 격퇴했다. 그곳의 도시 점유율을 15퍼센트나 깎아 내렸고, 단기간에 마이어하트 상회의 점유율을 무려 30퍼센트나 끌어 올렸다.

대단한 성과다. 그런데 오늘 상단의 주인이 돌아왔다.

아르고 알테리온.

"얼마나 대단한 새끼기에 호들갑이야?"

그가 돌아오기가 무섭게 거래처 두 곳이 연락을 끊었다. 무려 10퍼센트나 이윤을 더 남겨 주겠다고 해도 요지부동이다.

그렇다고 해도 상대는 일개 상단이다. 대백작가 마이어하트 가문이 뛰어들면 그런 신생 상단쯤 부숴 버리는 건 간단하다.

크롬은 그렇게 생각했다.

정부는 그들의 편이고, 법은 귀족들 편하게 재단하면 될 일이다.

크롬은 시종들에게 앞으로 할 일을 몇 개 지시해 두고는 바람을 쐬러 나왔다.

상단끼리의 싸움은 영지끼리의 싸움과는 다르다.

칼만 오가지 않을 뿐이지 영지전보다 더럽고, 신경 써야 할 곳이 훨씬 많았다. 우선 크롬이 이곳에 진출하고 저지른 것이 첫 번째가 누베스 상단의 나무 컨테이너를 수거하는 일이었다. 가벼운 나무를 잘라 만든 보관용 컨테이너로 보통 긴 항해를 할 때 물품을 보관하는데, 재활용이 가능하다.

누베스 상단에서는 다른 나라의 물자를 싼값에 사, 제3국에 수출하는 일을 하지만, 직접 의뢰를 받아 다른 나라까지 화물을 이동시키고 대금을 받기도 한다.

중계 무역과 중개 무역의 차이인데, 이런 상단에서는 보통 다 쓴 화물 상자를 1닉스도 안 되는 가격으로 도로 회수한다. 회수한 상자는 씻어서 깨끗하게 말린 후, 다시 재활용한다.

이걸 크롬은 일부러 누베스 상단 상자만 1닉스를 더 줘서 모조리 수거했다. 그리고 모두 부숴 폐기했다.

이렇게 되면 재활용을 하지 못하니 누베스 상단은 다시 화물 상자를 제작해야 할 거고, 당연히 단가가 올라간다. 이걸 3주 정도 하니 그쪽에서는 더 이상 이윤을 남기지 못했다.

이 밖에도 점유율을 올리기 위해 크롬이 벌인 일은 많았다.

마침 아르고 사장이 자리에 없어 부하 직원들은 변변한 저항도 하지 못하고 당했다.

아무리 늦어도 내년까지는 누베스 상단을 이 도시에서 철수시켜 버리는 게 크롬의 목적이다.

영원한 라이벌 알테리온가를 이 땅에서 청소할 수 있다고 생각하니 하늘을 날 것 같았다.

그는 겉옷에 팔을 넣지 않고 그냥 어깨에 숄처럼 걸쳤다. 겉옷은 피에르 공방에서 나온 여름 신상품으로 가볍고 시원하다. 샌들 역시 같은 공방 제품으로 화이트 킹 샤크의 가죽을 인어의 눈물로 연마했다. 염색도 하지 않았는데 가죽 자체가 흰색을 띠고 있다. 평범한 샌들로 보이지만 자연스러운 기품을 유지해 준다.

바느질 하나에도 40가지 공정을 거치는 피에르 공방은, 요즘 사교계에서 무척 유행하고 있다.

크롬은 거울을 30분 정도 노려본 후, 마무리로 머리를 정리했다.

이 정도면 그럭저럭 합격점이다. 누가 낳았는지 참 잘생겼다고 한 번 자화자찬한 후, 밖으로 나섰다.

그는 시종도 없이 혼자 항구로 향했다.

항구는 신경 써서 자주 가야 한다. 그래야 현재 거래되는 교역 물품과 시세를 빠르게 파악할 수 있기 때문이다.

문득 항구가 끝나는 곳, 모래사장 위에 한 소년이 첨벙거리며 노는 게 보였다. 여섯 살짜리 어린애도 아니고 물장구치는 모습이 딱 어딘가 모자라 보인다.

"혼자서도 자알 논다."

머리에 꽃만 달면 미친놈이다.

자세히 보니 미친놈치고는 참 예쁘게 생겼다. 여자애인가, 그는 뚫어지게 바라봤다. 옷으로 봐서는 영락없는 소년이다. 소년치고는 미모가 범상치 않다.

그는 한참이나 뚫어지게 바라보다가 이윽고 소년을 향해 걸어갔다.

나참ㅡ

3.

샨은 쓸려오는 파도가 너무 기분이 좋았는지 몸을 맞기고 첨벙거렸다.

자유롭다. 몸이 건강하단 게 이렇게 기쁜 일이구나.

그는 주변 시선도 신경 쓰지 않고 자유를 마음껏 만끽했다.

좀 더 깊이 들어가고 싶어서 몸을 버둥거리며 안쪽으로, 안쪽으로 들어갔다.

산만큼 커다란 파도가 밀려왔다. 샨은 파도에 몸을 맡기고 신 나게 쓸려갔다. 그러다 문득 땅에 발이 닿지 않는다는 걸 깨달았다. 깜짝 놀라 팔을 저었다. 그런데 더 큰 파도가 밀려왔다. 뭔가 잘못되었다는 걸 깨닫기에는 너무 늦었다.

콰아아—.

파도에 쓸려갔다.

정신을 차릴 수 없었다. 이대로 물에 빠지는 건 아닌가, 무서워졌다. 그때 단단한 손이 샨의 손목을 붙잡았다.

"커흡."

샨은 물을 마시며 바동거렸다. 목소리가 들렸다.

"꽉 잡아."

손은 샨의 팔을 붙잡고는 뭍으로 끌어당겼다. 샨은 땅을 짚자마자 쿨럭거리며 바닷물을 뱉었다. 목소리가 들렸다.

"하도 재수가 없으려니 허리 깊이에서도 물에 빠지고 앉았네."

샨이 이마를 찌푸리고는 위를 올려다보았다. 크롬이었다. 잘못 본 건가 눈을 비비고 다시 떠도 그놈이었다.

"왜 니가 여기에 있어?"

"내가 할 소리다. 니가 왜 여기에 있냐?"

샨은 다시 기침하며 물을 토해냈다. 아직도 소금물이 남아 있는 지 콧속이 쓰리다.

"형 따라왔어…… 쿨럭."

크롬의 샨의 등을 두드렸다.

물을 다 게워내고서야 샨은 제대로 목소리를 낼 수 있었다.

"넌 무슨 일이야?"

"나야 돈 벌러 왔지."

샨을 끌어내느라 크롬의 옷도 소금물에 푹 절었다. 샨은 순간, 이놈이 또 옷값 변상하라고 하는 건 아닌가 싶어 덜컥 겁이 났다.

제 옷 하난 다이아몬드처럼 아끼는 놈 아니던가.

그런데 그는 욕설을 내뱉더니 축축하게 젖은 셔츠를 벗었다. 잘 단련된 근육이 드러났다. 매일 수련을 하지 않으면 이런 몸이 나오지 않는다.

'부잣집 도련님도 고생이구나.'

샤은 생각했다.

"저어…… 괜찮아?"

"안 괜찮으면, 물어낼래?"

샤은 흠칫 놀라더니 배짱을 튕겼다.

"따, 딱히 빠진 건 아니야. 충분히 여유 있는 상황이었어. 네가 맘대로 들어온 거야."

그러니까 절대로 못 물어내.

샤은 필사적으로 변명했다. 크롬의 옷을 다 물어내려면 모아놓은 용돈으로는 턱도 없다. 크롬이 대답했다.

"이건 세탁하면 지워진다. 소금물 빼기야 어렵겠지만 내가 빠는 것도 아니니까."

있는 집 자식의 여유를 철철 보여 주며 크롬은 머리를 쓸러 올렸다. 평소라면 밥맛이었겠지만 오늘만큼은 샤도 가슴을 쓸어냈다.

그러다 문득 궁금한 게 생겨 물었다.

"그런데 돈 벌러 왔다고?"

"아아, 우리 가문 상단이 여기 진출하거든. 여기 일 좀 봐주러 왔어."

"우리 형도 여기서 장사하는데."

"알아."

샨이 고개를 갸우뚱했다.

"응?"

"안다고."

아주 잘 알고 있다.

그야말로 아르고를 열 받게 한 장본인이니까.

크롬이 대답했다.

"용은 어따 뒀어?"

"카이는 너무 커져서 저택에 두고 왔어."

"폴리모프 마법 못써?"

샨이 고개를 저었다.

"그거 아직 안 배웠잖아."

"안 배운다고 안 쓰냐? 필요하면 쓰는 거지. 내일 카이랑 놀러와. 내가 머무는 곳은 저쪽이니까."

크롬은 마이어하트 상회를 가리켰다. 멀리서 빨간색 지붕이 눈에 띈다. 누베스 상단 저택만큼이나 커다란 저택이다. 샨은 고개를 끄덕였다.

"아, 음…… 고마워."

"병신같이 물에 빠지기나 하고. 바보냐? 너?"

크롬은 투덜거리며 저택으로 돌아갔다. 샨은 그런 크롬을 어이없는 눈으로 바라보다가 자신도 저택으로 향했다.

크롬은 이상하다. 잘해 준다 싶다가도 화를 낸다.

샨은 손바닥을 탁 쳤다.

"아 맞다. 카이 먹을 거 사줘야지."

샨은 몸을 일으켰다.

저택으로 돌아가니 샨을 보고는 형이 난리다.

대체 어디서 젖은 거냐, 뭐하다가 그 꼴이 된 거냐.

갑자기 없어져서 무척 걱정한 모양이다. 샨은 간단하게 대답했다.

"바다에서 놀았어."

"혼자서?"

"응, 친구도 만났어."

"친구 누군데?"

"학교 친구."

형은 직원에게 수건을 받아 샨의 젖은 머리를 탈탈 털었다.

"일단 씻자."

"응!"

샨은 밝게 웃었다.

목욕을 하고 나오니 식탁에는 요리가 한가득 차려져 있었다. 카이는 식탁 아래에서 돼지고기에 머리를 파묻었고, 아르고 형은 숫자가 빼곡한 장부를 일일이 확인하고 있었다.

늘 집에서만 만나니 밖에서 형이 일하는 건 한 번도 본 적 없었다.

아르고 형은 주판알을 손가락으로 튕기며 일일이 계산했다. 보통은 아랫사람에게 맡기는 일이었다. 그걸 제 손으로 일일이 확인하려면 정말 피곤해진다. 그러나 형은 그걸 다했다.

샨은 부지런하고 멋진 형이라 생각하지만 직원들은 두통이 밀려온다.

저 독한 자식, 저걸 일일이 다 하냐.

만약 계산을 해서 구리 동전 하나 장부에 빠져 있으면 그날로 느물거리며 미소 짓는 사장과 일대일 대면을 하게 된다.

"마이어하트 상회 놈들 차암 귀엽게도 논다."

크롬의 가문이 나오자 샨은 포크를 들다 말고 깜짝 놀랐다. 형이 서류를 넘기다 말고 물었다.

"왜?"

"형, 마이어하트 상회랑 무슨 일 있었어요?"

"아아, 신경 쓰지 마. 이 바닥에서는 흔한 사이야."

"그게 무슨 사이인데요?"

형은 포크로 닭 다리를 푹 찍어 입에 넣으며 대답했다.

"라이벌."

"헤에, 라이벌이라니."

샨의 중얼거림에 형이 너털웃음을 터뜨렸다.

"아직 잘 모르는구나. 동생, 이 바닥에서 라이벌이란 경쟁자라고 쓰고 불구대천의 원수라고 읽는단다."

아르고 형이 말을 이었다.

"마이어하트 자식 새끼만 아니었어도 대충 두들겨서 뒷골목 어디다 치워 버리면 끝날 일인데."

"형!"

샨이 포크를 꽉 쥐고 쏘아보자 아르고가 웃었다.

"농담이지. 그걸 믿니?"

"그런 걸 농담으로 해요?"

"당연히 농담이지. 우리 동생 순진하네."

샨은 대답 대신 컵을 집어 물을 들이켰다. 형의 성격으로 봐서는 이게 거짓말이 아닐 거라는 걸 뻔히 알고 있다. 물론 원수를 가만히 놔둘 정도로 착한 성격이 아니라는 것도 잘 알고 있다.

4.

다음 날, 새벽부터 마이어하트 상회에 불호령이 떨어졌다.

"보고서를 이렇게밖에 못 쓰냐! 이 밥버러지들아!"

마이어하트 상회 라카페 지부, 차대 마이어하트가의 가주가 될 후계자님께서 납신다는 말을 들었을 때만 해도 직원들은 봄바람 만난 처녀처럼 가슴이 설레었다. 그도 그럴 게 혹시라도 눈에 띄어 본사로 발령 난다면 그야말로 고속 승진 아닌가.

그동안 이 라카페 지부는 그냥 이름만 올려놓고 대부분은 있는지도 모르는 유령 지부에 가까웠다. 예산이라고는 저택 유지하고 직원 몇 명 월급 대주는 게 전부일 정도로 빠듯했다.

그런 없는 살림 속에서도 직원들이 사표를 쓰지 않은 이유는 오로지 집에 토끼 같은 자식들과 여우 같은 마누라를 먹여 살려야 하기 때문이다.

월급은 안 떼어먹고 꼬박꼬박 주니까.

올여름, 마이어하트 소공자가 일을 배우기 위해 온다는 말에 그들은 뛸 듯이 기뻐했다.

드디어 출셋길이 열렸구나.

그토록 간절하게 바라던 출셋길이 열렸구나.

포기하고 어쩔 수 없이 안빈낙도하던 옛 시절을 청산하고 드디어 야망을 향해 나갈 때다. 그들은 정말 그렇게 생각했다. 그러나 그들의 생각은 크롬의 분노 앞에 무참하게 짓밟혔다.

크롬이 소리 질렀다.

"굼벵이도 니들보다는 빠르겠다. 뭐해? 다시 써!"

직원은 울 것 같은 얼굴로 크롬의 서류를 받아다가 책상으로 돌아갔다. 마이어하트 상회 라카페 지부는 크롬이 오는 순간, 헬게이트가 열렸다.

각종 두통, 위궤양, 심지어 신경성 원형 탈모까지…….

그가 강림하던 날 심판의 날이 왔다고 해도 과언이 아니다.

크롬이 손가락을 흔들자 주판알이 저절로 딱딱 움직여 계산을 도출해낸다.

염동력.

지난번보다 훨씬 자유롭게 사용할 수 있다. 물론 크롬은 신이 내렸다는 무영창 마법인 염동력마저 모조리 업무에 활용한다. 그는 주판으로 계산을 도출해 내고는 계산과 맞지 않는 서류 두 뭉치를 염동력으로 들어다 집어 던졌다.

크롬이 포효했다.

"이거 계산 틀렸잖아! 누구야! 12만 3천2백 닉스하고도 세금 3.25퍼센트나 날려먹은 자식이이이!"

서류가 하늘을 날아올라 마치 표창처럼 벽에 퍼버벅 박혔다. 일련의 과정이 살벌하기 그지없었다. 직원들은 책상 밑에 숨어 꾀죄죄한 얼굴로 서로 바라보았다.

크롬은 서류를 집어 던지며 다시 소리 질렀다.

"다 다시 해와! 이 멍청한 자식들아! 한 번만 더 이따위 보고서가 날아오면 잘게 다져서 뒤뜰에 비료로 뿌려 줄 테니까!"

직원들이 대답하며 서류 뭉치를 가져갔다. 한심한 꼴을 보고 있으니 두통이 밀려왔다. 아버지는 어째서 저런 밥벌레들을 자르지 않고 있는지 이해할 수 없었다.

한 푼이라도 더 아쉬운 상황이다.

제국은 수없이 많은 영지의 연합체다.

이 광활한 대륙에 백작급 이상의 영지가 되면 어지간한 소국보다 넓다. 마이어하트 같은 백작가의 영지 역시 어지간한 왕국만큼 넓다. 백작이라고 부르지만, 사실상 한 나라의 군주에 가깝다.

과거라면 마이어하트가가 영토를 지켜내는 게 어렵지 않았다. 그러나 이제는 다르다. 아래쪽에서는 바스커빌가의 개새끼들이 영지전을 벌이고 있고, 옆에는 바틀러 공작가가 버티고 있다.

황제는 영주들의 영지전쟁을 부추겼다. 영주끼리 싸워서 힘을 소모해야 중앙 권력이 강력해진다. 황제는 수없이 많은 제후의 딸을 후궁으로 삼아 인질로 만들어 놓고서도 안심하지 않았다.

지금은 혼돈이라고 할 수 있다. 중소 영지들은 대형 영지에게 잡아먹히고 있고 바스커빌가의 광견들은 이틈에 병력을 확장시켜 싸우고 있다.

마이어하트가는 용과 맹약을 맺은 기사들과 특유의 뛰어난 정치 수완으로 버티고 있지만, 언제 놈들이 확장을 하고 올지 아무도 모른다.

거기다 최근에 아버지께서 인수한 영지는 국경 부근에 있는 대형 영지다. 국경 부근에 있는 영지는 언제나 말썽이다. 끊임없이 적들이 국경을 넘보고 있는데다가 만약 실수로라도 외적에게 영지를 빼앗겼을 경우 책임은 마이어하트가에게 돌아간다.

그렇기에 더더욱 무능한 놈은 도태시켜야 한다. 밥벌레

들에게는 세금이 아깝다.

그게 크롬의 지론이다.

누군가 노크를 했다.

"들어와!"

시종이 문을 열고 들어오더니 황송한 표정으로 말했다.

"도련님, 친구분이 오셨습니다."

"친구?"

"샨 알테리온이라고 하던데요?"

크롬은 자리를 박차고 일어났다.

샨은 한 시간째 저택 앞에 앉아 있었다. 만약 지나가던 경비대가 이름을 묻지 않았으면 더 오래 있었을지도 모른다. 그도 그럴 게 분노하는 크롬의 호통을 밖에서 듣고 있자니 들어갈 엄두가 나질 않았다.

경비대가 들어간 지 얼마 지나지 않아 시종이 나와 샨을 안내했다.

좋은 재질의 셔츠를 입고 있었는데, 명문가라 그런지 시종조차 기품이 남달랐다. 샨은 그의 뒤를 쫓아 긴 복도를 걸어갔다.

복도마다 새하얀 창문이 줄지어 있었는데, 커튼에는 마이어하트가의 상징이 박혀 있었다. 형이 있는 누베스 상단이 모던하고 시원한 인테리어라면 마이어하트 상회는 좀 더 격식 있고 중후한 인테리어였다.

복도 끝, 정원 입구에는 벌써 세팅을 마친 티 테이블이 보였다. 시종은 의자를 빼서 샨에게 자리를 권했다. 샨이 자리에 앉자 크롬이 걸어왔다.

"늦어! 지금이 몇 시야?"

샨이 대답했다.

"10시……밖에 안 됐는데?"

"아침에 오기로 했으면 9시 안에는 와야지!"

시종은 카이에게 간식을 건넸다. 밀가루를 반죽해서 구운 것 같은데 인간은 도저히 먹을 수 없을 정도로 단 냄새가 났다. 그런데도 카이는 뭐가 맛있는지 간식을 집어 먹기 바빴다. 용과 인간의 입맛은 다른 모양이다.

크롬은 시종에게 주전자를 받아 직접 차를 끓였다.

걷어 올린 소매가 칼날처럼 곤두서 있었다. 하루 네 시간 수면, 열여섯 시간 근무 속에서도 지치는 법이 없었다.

홍차 향기가 우러날 정도로 끓이더니 크롬은 우유를 집어 들었다.

"밀크 티 좋아해?"

샨이 고개를 저었다.

"우유는 안 넣는 주의라서."

"그렇군."

그는 우유를 도로 내려놓고는 대신 장미 잼을 한 스푼 떠서 홍차에 섞었다.

"잼을 섞어?"

그는 무슨 당연한 소리를 하냐는 듯 심드렁하게 대답했다.

"보통 이렇게 먹잖아."

신성한 홍차에다가 잼을 섞어 먹다니!

그건 어린애들이나 먹는 방법이다.

애초에 달게 해서 먹을 거면 밀크 티를 먹지 홍차를 왜 먹나.

그러고 보니 시종들이 날라 오는 쿠키에도 모두 잼이 들어가 있었다.

그는 샨에게 찻잔을 건네고는 이번에는 딸기 잼을 떠서 쿠키에 발랐다. 샨이 물었다.

"그렇게 많이 바르면 쿠키 맛이 안 나잖아."

"나는 잼 맛으로 먹어."

그렇게 말하니 할 말 없다.

샨은 홍차를 한 모금 들이켰다. 이렇게 깊고 진한 향기를 가둬서 끓이는 건 경력 10년 차 집사라도 쉽지 않은 일이다.

물론 혀끝에서 느껴지는 장미 잼의 달콤한 맛이 심하게 방해가 되지만.

크롬은 한 모금 깊게 마시고는 만족했는지 찻잔을 내려놓고는 말했다.

"단도직입적으로 말할게. 내일까지 너희 형 자리 빼라고 해."

"뭐?"

"그렇지 않으면 모든 걸 잃게 될 거야."

"그게 무슨 소리야."

"너 질질 짜는 거 보기 싫어서 미리 경고해 주는 거다."

"내가 언제부터 질질 짜…… 아니 그게 아니라, 대체 무슨 소리냐고!"

크롬은 담담하게 대답했다.

"말 그대로야. 모든 걸 잃고 싶지 않으면 내일까지 정리해야 할 거야. 사업 접고 이 땅에서 사라지면 그래도 지금까지 번 돈은 보존할 수 있어."

샨은 달콤한 홍차를 다시 마셨다. 크롬은 샨의 표정을 살폈다. 샨의 얼굴에는 걱정과 불안이 묻어 있었다. 크롬은 회심의 미소를 지으며 말했다.

"이대로라면 아르고 알테리온이라는 사람은 파멸해. 너도 그걸 바라진 않겠지?"

이윽고 샨은 입술을 뗐다.

"어떻게 하면 멈출 거야?"

샨의 긴 속눈썹이 작게 떨렸다.

볼수록 아름다운 얼굴이다. 만약 샨이 여자였다면 강제로 임신을 시켜서라도 결혼했을지도 모른다. 그러나 샨은 남자고 크롬은 그쪽 취향이 아니다.

남자가 아름다워 봤자 쓸데가 없다.

크롬은 어깨를 으쓱했다.

"글쎄, 만약 누베스 상단이 우리 상단에 무릎을 꿇고 합병된다면 이쪽 지부 총책임자로 앉혀 줄 수 있어. 어때? 괜찮은 조건 아니야? 마이어하트 상회에 대한 권리 지분도 나눠 주기로 하지."

달칵.

찻잔이 받침 위에 내려앉았다. 샨이 얼굴을 들었다.

"형이 그럴 리 없다는 걸 알잖아?"

"그래. 그런 타입은 남에게 무릎 꿇는 걸 싫어해. 그래서 파멸한다는 거다."

샨이 고개를 저었다.

"그게 아냐. 크롬."

"뭐?"

"그게 아니라고. 내가 지금 걱정하는 건 바로 너야. 크롬 마이어하트."

샨은 의자에 앉은 체 허리를 곧게 폈다.

"아르고 형은 그런 일로 죽지 않을뿐더러, 절대로 혼자 당하지 않아."

"설마 그 잘난 무력을 믿고 말하는 거냐?"

샨이 고개를 젓자 풍성한 흑발이 부드럽게 흔들렸다.

"아니, 아니야. 우리 집안 누구도 아르고 형에게 함부로 대하지 못해. 에론 형의 무기 컬렉션을 아르고 형이 팔아치울 때조차 에론 형은 아르고 형에게 칼 몇 번 휘두르고 끝났어. 왠지 알아? 우리 아버지조차 아르고 형을 함부로 하지 못해."

크롬이 샨을 비웃었다.

"왜? 대륙 최강의 포스 마스터라는 너네 리오 형보다 강하다던?"

"그게 아니야. 아르고 형은 끈질긴데다 뒤끝도 장난 아니기 때문이야. 한번 복수를 결심하면 절대 포기하는 법이 없어. 자기가 만족할 때까지 상대를 으깨놓아야 편해지는 성격이야. 상단은 아르고 형의 소중한 것들 중 하나야. 그걸 부숴 버렸는데 형이 수단과 방법을 가릴 거라 생각해?"

"고작 상인 하나가 대마이어하트 가문과 대적하는 건 불가능해."

샨이 고개를 저었다.

"이해를 못하고 있구나. 크롬 마이어하트."

샨은 양손을 가지런히 무릎 위에 올려놓았다. 샨은 망설이지도, 깊이 생각하지도 않았다. 다만 진실을 정확하게 읊조릴 뿐이었다.

샨은 입술을 벌려 다음 이야기를 내뱉었다.

"너 죽는다고."

"뭐?"

"형은 가문, 명예 그런 거 생각하지 않아. 널 죽일 거야. 무슨 수를 써서라도 가장 잔인한 형태로 파멸시킬 거야."

"지금 그 말을 나보고 믿으라고……."

"상단이야 다시 만들면 돼. 어쩌면 형 성격에 상단질도 질렸다고 재미있을 만한 다른 무언가를 하러 떠날지도 몰라. 하지만 말이야. 목숨은 두 개가 아니잖아."

크롬은 기가 막혀 말했다.

"그러니까 내가 죽는다고?"

"응, 너 죽어."

크롬이 되물었다.

"그러니까 내가 죽을 거라고?"

"그래."

크롬은 찻잔을 들어 샨을 향해 뿌렸다.

최악!

샤의 흰 셔츠에 찻물이 배어들었다.

크롬이 샤을 향해 말했다.

"똑바로 말해! 샤 알테리온! 이 천재 드래곤 나이트이자 드래곤 메이지인 크롬 마이어하트가 고작 소드 마스터도 포스 마스터도 되지 못한 너의 셋째 형에게 죽을 거라고?"

샤은 얼굴도 닦지 않고 몸을 일으켰다.

"할 이야기는 다 했어."

샤은 그렇게 말하고는 정원 밖으로 나갔다. 샤의 등에 대고 크롬이 소리 질렀다.

"파멸시킬 거다. 샤! 너희 형은 내일 모든 걸 잃게 될 거야! 그건 모두 너 때문이고!"

샤은 대답하지 않았다. 다만 부지런히 걸음을 옮겨 멀어질 뿐이었다. 크롬은 샤의 뒷모습을 한참이나 씩씩거리며 노려보았다.

5.

그때 일은 심했다. 인정한다.

크롬은 펜을 들다가 다시 내려놓았다. 그 일 이후, 샨은 일주일째 연락이 없었다. 크롬의 상식으로는 보통 그렇게까지 화내면 다음 날 상대방이 무릎을 꿇고 싹싹 비는 게 정상이었다.

당연하지 않은가. 마이어하트 백작가의 천재가 찻물을 끼얹는데 '아이고, 잘못했습니다. 도련님!'이라며 무릎으로 기어와야지 이렇게 연락을 끊고 잠적하는 건 정상이 아니다.

"친구라면 당연히 그쪽에서 먼저 사과해야 하는 거 아니야? 왜 내가 먼저 해야 하는데?"

크롬 입장에서는 그때 찻물을 끼얹은 건 당연한 리액션이다.

내 품위를 손상시켰으니 그 정도 대가는 치러야지. 의당 친구라면…… 친구? 친구라.

문득 크롬은 자신이 그동안 친구를 한 명도 사귀어 본 적 없음을 깨달았다.

부하는 널렸어도 진정한 의미에서 친구는 없다. 단 한 번도 없었다.

"으아아악! 빌어먹을!"

크롬은 편지를 꾸깃꾸깃 구겨 넣었다.

편지를 쓴들 누베스 상단에 있는 샨에게 전할 방법이

없다.

크롬은 몇 번 더 발작하다가 아무 직원이나 불렀다.

"부, 부르셨습니까?"

얼마나 긴장했던지 뻣뻣하게 걸어오는 게 관절이 없는 사람 같다.

크롬이 물었다.

"너, 친구 있냐?"

갑작스러운 질문에 그가 놀랐다.

"네, 네에?"

"친구 있냐고?"

직원의 사고가 3초간 정지했다.

지금 이 질문이 '너 따위한테도 친구가 있냐?'고 갈구기 위한 포석인가, 아니면 '이 업계에 활동하는 쓸 만한 친구가 있냐?'일까.

그가 머뭇거리자 크롬이 짜증을 부렸다.

"3초 준다. 3, 2, 1……."

"어, 없습니다!"

직원은 눈을 꽉 감았다. 크롬이 손을 흔들었다.

"됐어. 나가 봐."

"네?"

"나가 보라고."

갈구기 위한 건 아닌 모양이다. 그는 안도의 한숨을 내쉬며 밖으로 나갔다. 크롬이 한 마디 덧붙였다.

"다른 사람 오라고 해."

"누구요?"

"아무나."

상단에는 때아닌 날벼락이 떨어졌다. 직원들은 하나씩 자신의 이름이 호명되기를 기다렸다.

"왜 부른대?"

"불러 놓고는 친구 있냐고 물으시더라고."

"그래서 뭐라고 대답했는데?"

"당연히 없다고 했지. 있다고 했다가 귀찮아질 일 있냐?"

사회생활이란 자고로 있는 듯 없는 듯 묻어가야 하는 게 정상이다. 그러나 어느 집단이든 눈치 없는 놈 하나씩 있는 법이다.

"있는데요?"

그 말에 크롬이 벌떡 일어났다.

직원이 깜짝 놀랐다. 크롬은 심호흡을 하고는 제자리에 도로 앉았다.

"그래, 있다고?"

"네, 있습니다. 어릴 때부터 놀던 불알친구 셋 있지요. 근데 그건 왜 물으신 겁니까?"

크롬은 홍차를 집어 들더니 장미 잼을 떠서 휘저었다. 최대한 침착하게 보이도록 표정을 억눌렀다.

"오해하지 말고 들어라."

"네."

"오해하지 말고 들어. 내 친구 중에 사업하는 녀석이 있다. 그 녀석이 말이야. 학교 친구를 초대했어."

"아, 네."

"다시 말하지만 내 일이 아니다. 내 친구 일이다."

그는 친구의 일이라는 걸 몇 번이나 강조하며 설명했다. 샨이 그에게 죽을 거라고 무시했던 장면에서는 두 주먹까지 불끈 쥘 정도였다. 크롬은 열심히 설명했다.

'그 친구'가 그 녀석을 얼마나 생각해 줬는지 아느냐? 이 마음을 한순간에 물거품으로 만드는 그놈의 짓이 정말 가상해서 박수라도 쳐 주고 싶다. 그것도 모자라 이놈은 연락까지 끊었다.

이야아, 미치고 펄쩍 뛸 노릇 아니겠느냐며.

마침내 기나긴 크롬의 설명이 끝나자 직원이 되물었다.

"그러니까 '그 친구'분은 '친구의 친구'분의 형의 사업을 말아 먹을 거라 통보하니까, 그에 대해 화를 내는 '친구의 친구'분의 얼굴에 찻물을 뿌렸다는 말씀이죠?"

"아니지. 아니지. '친구의 친구' 형이 '내 친구'를 죽일 거라고 협박도 했다니까? 찻물을 뿌리는 건 당연하지 않겠나."

직원이 눈치 없이 대답했다.

"저라면 형까지 기다릴 거 없이 제가 '그 친구'분을 죽일 것 같은데요?"

"뭐야아?"

"그렇지 않습니까, 남의 집안 사업까지 말아먹겠다고 통보하는데다 뭐라고 반박했더니 찻물까지 뿌려 버렸다면서요. 집에 초대해 놓고."

"그, 그건…… 사실이지."

"저라면 그 자식 목을 졸라서 탈탈 털어……."

크롬이 소리를 질렀다.

"이 새끼가 감히 누가 누구의 목을 졸라아?"

"히이이익!"

크롬은 그제야 아차, 했는지 다시 자리에 앉았다.

"흠흠, 내가 아니라 '내 친구' 이야기인데 내가 화를 낼 이유가 없지."

"아, 예에."

"그래 그만 나가 봐."

직원은 부리나케 밖으로 도망쳤다.

크롬은 잼을 한 스푼 더 퍼서 홍차에 넣고 섞었다. 그것도 모자랐는지 두 스푼, 세 스푼 연이어 홍차에 넣었다. 식은 홍차에는 잼이 섞이지 않았다. 그러나 그는 홍차를 꿀꺽꿀꺽 들이켰다.

이윽고 손등으로 입술을 훔치고는 입을 열었다.

"사정이 어찌 되던 기다려 줄 만큼 기다려 줬어. 샨 알테리온."

언제나 그랬다. 세상은 선택의 연속이다. 크롬 안에서 후계자로서의 자신과 샨의 친구로서의 자신이 부딪쳤다. 그는 찻잔을 탁 내려놓았다.

"설령 이런 일로 널 잃는다면 우리 사이는 그거밖에 안 되는 거겠지."

그는 몸을 일으켰다. 그러고는 직원들을 향해 소리쳤다.

"오래 기다렸다. 지금부터 누베스 상단을 으깨 버린다! 당장 영주에게 연락해!"

6.

영지 관리들이 누베스 상단에 쳐들어왔다.

"무슨 일임까?"

아르고가 비스듬히 앉아 그들에게 물었다. 관리들이 말했다.

"이 상단이 세금을 횡령했다는 이야기를 신고를 듣고 왔다! 순순히 협조하도록!"

"호오? 증거는 있는 검까?"

"그건 말해 줄 수 없다!"

아르고는 양손을 깍지 끼고 목 뒤로 기댔다. 주범이 누구인지 알고 있다. 세금 횡령이야 어느 상단이나 있는 거고, 아르고는 특히 철두철미했다. 공무원 주제에 아무리 털어댄다 한들 먼지가 나올 리는 없다.

아르고가 물었다.

"조사는 얼마나 걸리심까?"

"한 달이다."

그 말에 직원들이 소리 질렀다.

"말도 안 돼! 그동안 장사를 접으라는 겁니까?"

"그동안 우리한테 받아간 뒷돈이 얼만데 그러시는 건데요?"

이쪽 업계에서 한 달이나 장사를 접는다는 건 거래처의 절반을 잃는다는 것과 같다. 권력이 있는 귀족이 상단을 운영하면 이렇게 된다. 크롬은 어수룩하지도 않았고, 자신의 권력을 이용할 줄 알았다.

이 정도로 조사에 들어갔다는 건 그쪽에서 뭔가 받았다는 뜻이다.

만약 이번을 넘긴다고 해도 두 번, 세 번 다시 올 게 뻔했다.

아르고가 이마를 찌푸렸다.

"이거 참, 더럽게 노네."

그는 몸을 일으키더니 직원들을 불러 모았다.

"오늘부터 한 달간 휴업이다."

"네에?"

"사장님 정말요?"

아르고가 직원들을 향해 말했다.

"당장 간판 내리고 문 잠가!"

샨은 관리들이 쳐들어오는 걸 창밖으로 내려다보고 있었다.

"결국 이렇게 됐구나."

그날 돌아온 후 샨은 한동안 밖으로 나오지 않았다. 형에게 털어놨지만 아르고 형은 껄껄 웃을 뿐이었다.

"걱정하지 마. 형이 그 정도로 약해 보이냐?"

"형, 그 뜻이 아니잖아요."

아르고 형의 미소가 부드럽게 그려졌다. 언제나 이런 미소를 지을 때면 피바람이 몰아치곤 했다. 아르고 형이 말했다.

"샨, 한동안 그 녀석 만나는 건 쉬어야겠다."

"형?"

"미안. 형으로서의 나는 언제나 네 편이지만 사업가로서의 나는 조금 다르거든."

처음이었다.

아르고 형이 다른 사람처럼 보인 건.

언제나 모든 어리광을 받아 주고, 하고 싶은 게 있다고 하면 아버지께 대드는 한이 있어서라도 도와주던 형이었다. 그런데 오늘은 다른 사람 같았다.

아르고 형은 처음으로 담배를 꺼냈다.

샨의 건강 때문에 담배를 끊은 형이었다. 창문을 열고 담배 연기를 들이켰다.

형이 창틀에 기대며 말했다.

"내 부하들은 식충이에 아직도 장사가 서툴지. 하지만 어리고 충분히 성장할 기회가 있어. 그런 귀족 도련님의 천박한 경영 놀이에 이놈들을 포기할 생각은 없다."

아르고 형의 직원들은 모두 형이 직접 데려온 놈들이다.

개중에는 정상적으로 살다가 형에게 낚여 엉겁결에 노예 계약서에 사인한 놈들도 있지만 대부분 빈민가에서 구르다 온 놈들이라고 했다.

늘 싱글싱글 웃던 형이었다. 세상에 진심인 건 아무것도 없는 사람 같았다.

이런 장사도 질리면 그만둘 사람 같아 보였다. 그러나 샨은 오늘 형이 진심으로 하고 싶은 게 뭔지 깨달았다.

"형."

"오냐."

이미 시동은 걸렸다. 더 이상 형을 말릴 방법은 없었다.

샨이 대답했다.

"책이나 많이 줘요."

"그래. 착하구나."

만약 아르고 형이 이긴다면 크롬에게 큰 타격이 간다. 크롬이 이긴다면 아르고 형은 모든 걸 잃게 된다.

단순히 덜 가진 쪽 편을 들고 더 많이 가진 쪽에게 양보해 달라고 할 일이 아니었다.

이런 일은 덧셈 뺄셈으로 되는 일이 아님을 샨은 잘 알고 있었다.

어떻게 해야 할까, 어떻게 하는 게 정녕 옳은 일일까.

샨은 창문에 기대서 아래를 내려다보았다. 관리들이 몰

려 들어가서는 서류를 한 뭉치씩 들고 밖으로 나왔다. 줄지어 걷는 모습이 일개미 같다.

그 뒤로 직원들이 간판을 내리고 대문을 걸어 잠근다. 하나같이 표정이 결의에 차있다.

샨이 중얼거렸다.

"대체 나는 어떻게 해야 할까."

전쟁은 그렇게 시작됐다.

7.

다음 날, 샨은 깨끗하게 씻은 얼굴로 아래층으로 내려왔다. 밤새 울기라도 한 건지 눈가가 부어 있었다. 샨이 말했다.

"도와줄게요. 형."

아르고가 물었다.

"생각을 고쳐먹은 거야?"

샨이 고개를 저었다.

"그건 아니지만, 그래도 형이 무너지는 걸 보고 싶지 않으니까."

아르고 형이 큰 소리로 웃었다. 재주 있는 매는 발톱을 감춘다는 이야기가 있다. 그러나 아직 어린 막내는 그 의미를 모르는 모양이다.

아르고가 고개를 저었다.

"네가 도울 일은 없어. 다 아랫놈들 부려 먹으면 해결될 일이고."

"싫어. 돕게 해줘요. 그렇지 않으면 가출하는 한이 있더라도 나갈래."

아르고는 머리를 벅벅 긁었다. 샨이 부탁한 일이라면 무엇이든 해 줬다. 그러나 그건 어디까지나 개인적인 일이다. 사업가로서의 아르고는 언제나 냉철하고 잔혹했다. 상인은 돈을 벌어야 한다. 손해가 되는 일이라면 아무리 인정이 있고 명분이 있다고 하더라도 손을 떼야 한다. 반대로 이득이 되는 일을 위해서라면 피도 눈물도 없어야 한다.

아르고는 뼛속까지 사업가다.

그러나 동생을 지극히 아끼는 형이기도 했다.

"좋아. 각오해. 우리 직원들과 똑같이 부려 먹을 테니까."

샨이 고개를 끄덕였다.

"열심히 할게요."

"대신 나한테도 말 놔."

"네?"

아르고 형이 담배를 까딱였다.

"큰형이랑 둘째 형한테도 말 놨잖아. 어릴 때 안 놀아줬다고 차별하는 거야?"

차별하는 건 아니지만, 아르고 형을 볼 기회가 적긴 했다. 그 때문에 다른 형들보다 조금 어렵게 대한 것도 사실이다. 샨은 고개를 끄덕였다.

"대신 형도 내게 비밀이 없어야 해?"

아르고는 머리를 벅벅 긁었다.

어쩌다가 일이 이렇게 됐나. 만약 아버지가 봤다면 요절이 나도 몇 번은 났을 상황이다.

독한 술을 삼키듯 아르고가 말했다.

"좋아."

샨은 형의 손을 맞잡았다.

아르고는 조금 불안한 얼굴로 샨을 내려다보았다. 조금 힘들어지면 포기하겠지. 형은 그렇게 생각했다.

"그래서 오늘부터 니들과 함께 일하게 된 샤인 알테리온임다."

아르고 형의 존댓말은 어딘가 어색하다. 어릴 때부터 지방이나 국외를 전전한 그이기에 괴상한 말투를 사용한다. 아버지는 엄청 싫어하시지만 아르고 형 본인은 이 말투가 마음에 드는 모양이다.

샨이 직원들에게 인사했다.

“줄여서 샨이라고 불러 주세요. 아르고 알테리온의 동생이라고 어렵게 생각하지 말고, 마음 놓고 부려 주세요.”

가장 키가 큰 직원이 손을 들었다.

“사장님, 대체 이 상황에서 갑자기 왜 이 분이 들어오는지 궁금합니다.”

그 말에 아르고가 껄껄 웃었다.

“그게 그렇게 궁금해?”

그 말에 직원은 용기 내서 고개를 끄덕였다.

“매우 궁금합니다.”

“나는 네가 언제부터 일할 건지 그게 더 궁금한데.”

아르고의 미소에 직원들의 안색이 퍼렇게 번져 갔다.

“돈이 땅 파면 나오는 줄 알아? 당장 일해!”

사람이 오고 가고, 또 사람이 오고 갔다.

간판을 내려놓고 상단를 닫은 채 형은 어딘가로 나갔다가 누군가를 상단에 초대하기를 반복했다. 하나같이 얼굴에 흉터가 한둘 씩 있는 사람들이었다.

상단를 닫은 지금도 손님은 끊임없이 오고 갔다. 감찰 나온 관리들에게는 친구라고 둘러댔다. 그쪽에서도 꼬투리를 잡지 못하는 게 현장에서 현금 거래가 이루어지지 않았기에 딱히 잡을 방법이 없는 모양이었다.

아르고 형은 정말로 샨을 직원처럼 부려 먹었다. 처음 말한 대로 가차 없었다.

샨은 화장실을 벅벅 밀다가 가쁜 숨을 몰아쉬었다.

"마마, 여기다 물 부으면 돼?"

"응."

카이도 이제 간단한 일 정도는 도울 수 있다. 양동이로 변기에 물을 끼얹었다. 샨은 몇 번이고 변기 청소를 반복했다. 손님도 적어서 이제는 씻을 곳이 보이질 않았다.

그때 아르고가 들어왔다.

"다 닦았어."

"어디 보자."

형이 손을 댄 건 천장 위쪽에 달린 마법등이었다.

먼지가 조금 잡힌 건지 보란 듯이 손가락에 바람을 훅 불었다. 샨은 두 주먹을 불끈 쥐었다.

"거기도 청소할게."

아르고가 대답했다.

"아무래도 다 다시 해야겠지?"

샨이 되물었다.

"다, 다시? 전부?"

"그래. 거울 보니 걸레로 닦은 자국도 그대로고 다 다시 해야겠구만."

샨이 입을 쩍 벌렸다. 그런 동생의 등을 두드리며 형이 말했다.

"이 형은 자비롭단다. 지금이라도 포기하고 싶으면 말해. 아 참, 부탁할 때는 사랑하는 형이란 말 꼭 붙여 주고."

그렇게 말하고는 밖으로 나갔다.

샨은 그제야 현실을 깨달았다. 형은 악마였다.

장장 두 시간을 더 닦고 나서야 오케이 사인이 떨어졌다. 샨은 지친 기색으로 직원 휴게실로 기어들어갔다.

"너도 참 고생이다. 왜 사서 고생이냐?"

마그넬이라는 이름의 최고참 직원이다. 키가 자그마치 190센티미터나 되는 장신인데 한여름에 깃털 장식 코트를 입고 다닐 정도로 패션 감각이 남다르다. 이런 사람도 이곳에서는 시급 2닉스 3쿠퍼에 혹사당하고 있다.

샨이 고개를 저었다.

"형이 힘든데 도와야죠."

"형? 사장님? 미쳤냐? 이 도시가 통째로 망해도 사장님…… 쿨럭…… 개새끼…… 쿨럭…… 는 절대 안 망한다."

기침 중간, 중간에 사장에 대한 욕을 집어넣을 수 있을 정도로 잔뼈가 굵다.

샨이 고개를 저었다.

"제 친구가 마이어하트 상회에 있거든요. 엄청 유능해요."

"유능? 사장…… 쿨럭…… 그 씹새끼…… 쿨럭…… 는 안 유능하냐? 그 인간은 100닉스로 영주에게 사기 쳐서 대형 선박도 따 본 적도 있는…… 쿨럭! 새끼야."

"영주님에게 원한을 샀겠네요."

"우리 사장님에게 원한 산 사람이 한둘이냐."

샨은 작게 한숨을 내쉬었다. 이런 세상에서 착한 일만 하고 장사하는 법은 없는 걸까.

그래도 샨은 믿기로 했다.

나쁜 건 아르고 형이 아니라 이 세상이라고.

밤이 되니 더 많은 사람들이 들어오기 시작했다. 당연히 덩치가 산만 한 사람들이고 얼굴에 바느질 자국이 있었다. 그러나 예전에 왔던 분들은 20대 정도로 보였지만 이번에는 40대 이상으로 보이는 분들이었다. 이쯤 되면 아무리 눈치 없는 사람이라도 알만했다.

마피아. 그것도 이 지역의 밤을 다스리고 있는 조직들이었다.

샨은 입구에 서서 손님들의 코트를 받아 순서대로 거는 일을 맡았다.

가장 쉬운 일이었지만 아르고 형은 어째서인지 샨에게 맡기고 싶지 않은 눈치였다.

흑발의 미소년이 현관에 서 있자 저택 안은 빛이 났다.

샨은 키가 2미터는 넘을 법한 조직원의 코트를 받아 옷걸이에 걸었다. 마피아들의 규율은 엄격하다.

복장에 자유가 있는 건 꽤 높은 조직원들일 뿐, 그 아래는 검은색 정장으로 맞춘다. 여름에도 가벼운 코트를 입는데 아무리 속에 반소매 셔츠를 입어도 땀이 난다.

알파도 파벌의 단테스의 경우, 여름이나 겨울이나 검은색 정장을 고수한다. 급할 때는 교복 명찰을 뜯어 이름만 감추고 작업장으로 달려갈 때도 있다.

그의 뒤에서 백발이 성성한 60대 어르신이 들어왔다.

"홀홀, 귀여운 아이군."

"감사합니다."

샨은 학교에서 배운 예법으로 어르신께 인사하고는 얇은 숄을 받아다가 걸었다. 어르신이 눈을 가늘게 뜨고 샨을 바라보았다.

"혹시 호스트로 일할 생각 없나? 좋은 조건에 내 잘 써

주겠네."

산이 식은땀을 흘리며 고개를 세차게 저었다.

"죄, 죄, 죄송합니다!"

그는 아쉽다는 표정을 하더니 명함을 꺼내 산에게 건넸다.

"언제라도 마음에 변하면 찾아오게나. 선금은 두둑이 챙겨 줄 테니."

산은 떨리는 손으로 명함을 받았다. 어르신의 손가락에는 큼지막한 다이아몬드 반지가 입을 벌리고 있었다.

아마 명함대로 연락했다가는 그야말로 지옥행으로 가는 특급 열차다. 호스티스라면 모를까 호스트가 어떤 결말을 맞게 되는지 단테스에게서 귀에 못이 박이도록 들었다.

호스티스가 돈 많은 귀족들의 첩으로 들어가는 게 가장 좋은 결말이겠지만, 호스트는 그렇지 않다. 기껏해야 보석이나 옷을 선물해 주는 경우는 있어도 남첩으로 들여 노후까지 보장해 주는 경우는 없다. 대부분 나이가 들면 마피아 쪽에 흡수되어 죽도록 잡일을 하다 끝나는 경우가 많다. 약에 절어 비참한 결말을 맞는 경우도 많고, 분쟁에 휘말려 어느 골목에서 쥐도 새도 모르게 끝나는 경우는 더 많다.

어르신이 가신 후에 샨은 작게 한숨을 내쉬고는 다음 분의 코트를 받았다. 선글라스를 쓴 30대쯤의 미중년이 샨을 위아래로 훑어봤다.

"아르고 밑에서 일하는 아이인가?"

그분은 샨의 턱에 검지를 가져다댔다.

"호오, 상당한 미색이군. 어때, 아저씨랑 좋은 곳에서 이야기나……."

그때 아르고 형이 그분의 어깨에 손을 얹었다.

"하하하, 형님! 제 동생에게 무슨 볼 일이십까아?"

아르고 형의 이마에 만화처럼 힘줄이 돋아났다. 샨은 사람이 진짜로 열 받으면 이마에 힘줄이 돋아난다는 사실을 깨달았다. 그분은 눈치도 없이 아르고 형에게 악수했다.

"오! 자네 동생인가? 하나도 안 닮았구먼! 그래, 괜찮다면 중매라도 서주겠나?"

"형님 집안에는 이미 형수님이 있지 않습까아?"

"작은 부인 자리가 남아 있……."

그는 말을 멈췄다. 아르고 형이 칼 눈으로 그를 노려보고 있었기 때문이었다. 샨은 그제야 말했다.

"형, 난 괜찮아."

그 말에 그분이 너무 놀라서 소리 질렀다.

"혀엉이라고오? 설마 남자?"

어릴 때부터 이런 착각에는 익숙하다. 이제 '저런 미모라도 남자가 갖고 있다면 아무짝에도 쓸모가 없다.'라든가 '미모가 아깝다.'라든가 하는 뒷말이 따라올 차례다.

그런데 그는 오히려 아르고 형을 향해 무릎을 꿇는 게 아닌가!

"아우님! 내 생애 첫 사랑이네. 남자라도 괜찮으니…… 쿠에에엑!"

아르고 형은 그분의 멱살을 붙잡고 창고로 끌고 갔다. 잠깐 우지끈, 뚜둑, 퍽 하는 소리가 한참 울렸다. 이윽고 아르고 형이 주먹에 묻은 피를 툭툭 털며 밖으로 나왔다.

"뭐해? 일 안 하고."

샨은 조용히 다음 손님의 코트를 받아 옷걸이에 걸었다.

본보기 효과란 무척이나 대단했다. 뒤에서 들어오던 손님들도 더는 샨에게 집적이지 않았다.

마지막으로 들어온 손님은 일흔이 훌쩍 넘어 보이는 어르신이셨다. 어르신은 지팡이를 짚고 네 명의 수행원과 함께 들어왔다. 아무리 봐도 암흑가의 마피아로는 보이지 않았다. 동네에서나 볼 법한 인상 좋은, 사람 좋은 할아버지 같았다.

그는 회색 눈으로 샨을 들여다보더니 직접 코트를 벗어

샨에게 건넸다. 그리고 이렇게 말했다.

"경국지색이로고. 나라를 망하게 할 미모야."

샨이 어색하게 웃으며 코트를 받았다.

"남자가 갖기에는 아까운 미모라고 하더라고요."

"어리석은 자들이로고. 그런 미모가 어디 남녀를 따지는가?"

"네?"

노인은 회색 눈을 들어 샨을 가만가만히 바라보았다.

"빛도 가둘 정도로 검은자위가 또렷한 눈이로고. 신도 홀릴 미모야. 넌 네 형들에게 감사해야 할 거다. 알테리온가에 태어나지 않았다면, 제명에 살기 글렀을 테니까."

노인은 그렇게 말하고는 샨에게서 멀어져 갔다. 샨은 노인의 등을 한참이나 바라보았다.

8.

긴 테이블 위로 손님들이 앉았다. 각 마피아의 수장 격되는 분들이었다. 그분들 뒤로 수행원들이 두 손을 가지런히 모으고 병풍처럼 섰다. 아르고 형에게 떡이 되도록 맞은 그 유부남 아저씨도 노인 뒤에 섰다. 첩까지 들일 정도면 제법 높은 위치인 줄 알았는데 아까 본 노인에 비하면 아무것도 아닌 모양이다.

샨은 다른 선배들을 따라 웨곤을 밀었다. 그리고 앞에서부터 차례로 원하는 차를 주문받아 내려놓았다.

샨이 주문받은 건 홍차였다. 장미 잼을 떠줘야 하나 하고 망설이다가 실소했다. 그 나이 돼서 홍차에 잼을 타서 먹는 녀석은 세상에 크롬 하나뿐일 거다.

찻잔을 가볍게 내려놓고 직원들을 따라 밖으로 나갔다. 문이 닫히자 무거운 침묵이 홀을 짓눌렀다. 이윽고 가장 먼저 입을 연 건 아키시온파의 보스 카밀 아키시온이었다.

"이번 달은 상납금을 두 배나 줬던데. 마이어하트 상회 때문에 경기가 좋지 않았던 거 아닌가?"

이번 달, 아르고의 누베스 상단은 상납금을 자그마치 두 배나 올려서 모두에게 건네줬다. 오는 돈 안 막는 게 그들의 원칙이지만 돈 봉투 안에 들어 있는 초대장은 무시할 게 못 된다.

아르고는 팔짱을 끼고 테이블 상석에 앉았다.

"저희는 곧 철수할 겁니다."

"마지막 인사차 보낸 건가?"

아르고가 목을 우득우득 풀었다.

"뭐 우리 사이에 그런 것까지 오갈 정도로 친했심까?"

오만 방자한 태도에 각 파벌의 보스들이 이마를 찌푸렸다.

"오만 방자하군."

그 말을 듣기가 무섭게 아르고는 빵칼을 집어 들었다. 그와 동시에 각 파벌 보스의 호위대들이 일제히 검을 뽑아 아르고의 목에 얹었다. 당연했다. 이런 날도 안 서 있는 작은 빵칼이라고 해도 그가 쥐면 훌륭한 살상 무기가 된다. 그럼에도 아르고는 아랑곳하지 않고 호두파이를 썰었다.

한 조각 떠서 아키시온파의 보스에게 건네고는 자신도 한 조각 입에 물었다. 그러고는 자신의 목에 칼을 댄 호위대를 비웃었다.

"설마하니 제가 힘이 없어서, 그동안 돈을 상납한 것이라고 믿는 바보가 여기 있슴까?"

그는 손가락으로 빵칼을 빙글빙글 돌리더니 휙 던졌다. 빵칼은 적의 강철 검을 두부처럼 잘라내고는 벽에 박혔다.

아르고가 테이블에 손을 얹었다.

"아키시온파의 모든 암살자, 아니 이 바닥에서는 히트맨이라고 부르던가요? 히트맨이 온다고 해도 저 하나 당해낼 수 있을 것 같심까?"

"뭐, 이 자식이?"

장내가 시끄러워졌다. 마피아들의 살기가 폭발한다. 아

르고는 그 와중에도 호두파이를 입안에 털어 넣고 있었다.

"잘 보여?"

종업원들이 2층 바닥 구들장 아래로 회의장을 엿보고 있었다. 원래 있던 저택을 사들이면서 아르고의 편의에 맞게 보수와 개조를 밥 먹듯이 하다 보니 이런 공간이 생겼다. 원칙대로라면 발견한 즉시 사장인 아르고에게 신고해야 하지만, 그랬다가는 일하는 재미 하나를 잃어버리게 된다.

샤 역시 구들장 틈으로 아래를 내려다보았다.

아래는 분위기가 더할 나위 없이 험악했다. 얼마나 분위기가 나쁜지 압박붕대로 목을 돌돌 감아 나무에 걸어도 이 정도는 아니다 싶을 정도다.

그 속에서 아르고는 파이를 씹었다.

이윽고 회색 눈의 노인이 찻잔을 입가로 가져갔다. 샤에게 나라를 말아먹을 색안(色眼)이라고 했던 사람이었다. 그가 찻물에서 입을 떼자 분위기가 봄바람처럼 누그러졌다.

"맛있군. 직원 교육을 잘 시켰어."

마피아들의 눈썹이 꿈틀거렸다. 노인이 입을 열었다.

"우리를 도발하려는 속셈은 아주 잘 알겠네, 아르고 알테리온. 그러나 설령 자네라고 해도 이곳에 모인 조직들의 모든 히트맨을 당해낼 수 있을 거라고는 생각하지 않네. 아무리 날고 기는 자네라고 해도 사람의 목숨은 한 개 아닌가?"

"……."

아르고는 대답하지 않았다. 다만 파이를 내려놓고 그를 쳐다볼 뿐이었다. 노인은 아르고의 묵직한 살기 속에서 계속해서 찻물을 들이켰다.

"설마하니 자네 정도의 남자가 우리 모두를 화나게 하려고 부른 건 아닐 테고, 목적을 말해 봐. 가지고 있는 패를 꺼내란 말일세."

"대단하십다. 과연 리베도파의 수장이라 할 법하군요. 동부의 알파도 따위는 어르신의 적수가 되지 않겠습다."

"두 번 말하지 않겠네. 우리 같은 사람에게는 시간이 금이라네, 만약 자네가 10초 안에 목적을 말하지 않는다면 미련 없이 이 자리를 뜨겠네. 그리고 내 히트맨들을 풀어 자네의 모든 부하들을 암살하겠네. 자네야 강하겠지만, 부하까지 강하지는 않겠지."

그 말에 엿보고 있던 모든 종업원들이 식은땀을 흘렸다. 종업원들 목숨을 걸고도 아르고는 웃음을 잃지 않았다.

마침내 노인이 몸을 일으키려 하자 아르고도 따라 몸을 일으켰다.

"크롬 마이어하트라고 하던가요? 마이어하트 상회의 도련님 말입니다."

"그가 왜?"

"마이어하트 상회에서는 보호비를 지불했답니까?"

그의 말에 장내가 잠깐 조용해졌다. 무언의 대답이었다. 아르고가 입을 열었다.

"자존심 높은 도련님께서 상납금을 줄 리는 없고, 저희가 떠나면 곤란하실 텐데요?"

"그래서 그를 암살이라도 해 달라는 건가?"

아르고는 의자를 삐딱하게 뒤로 기울였다. 모서리만으로 아찔하게 균형을 유지하며 그는 손가락을 까딱였다.

"애초부터 보호비란, 보호비를 내지 않는 자들에게서 저희를 지키기 위해 있는 거 아님까?"

아키시온파의 수장이 소리 질렀다.

"그러면 지금 우리더러 백작 가문의 도련님을 암살하라는 건가!"

아르고가 어깨를 으쓱였다.

"그냥 그렇다는 말이지요. 만약 이번에 저희가 이렇게 철수하게 된다면 많은 상단이 비웃게 될 겁니다. 그렇게 돈을 많이 뜯어가 놓고서는 이제는 손가락이나 빨고 있다고요. 저희가 몇 년이나 지급해 드렸죠?"

"그렇다고 해도 안 돼! 그런 일이 있다가는 '염소' 한두 마리로는 끝나지 않아! 토벌령이 떨어질 거다!"

엿듣던 샨이 속삭였다.

"염소? 염소가 뭐죠?"

고참 직원 마그넬이 대답했다.

"마피아들끼리 하는 은어야. 염소는 제물, 그러니까 희생양을 뜻해. 조직원이 사람을 암살했을 때 조사관이 파견되면 대신 감방에 가줄 놈들을 염소라고 불러. 평민 상인을 죽였다면 끽해야 무기징역이겠지만, 이 경우는 100퍼센트 사형이야. 그것도 혼자 죽지 않아. 일가족 모두 가는 거다. 재수 없으면 그 동네 주민들 모두 연루돼서 이승 뜨는 거고."

샨이 되물었다.

"형은 어떻게 그걸 잘 알아요?"

그 말에 마그넬이 피식 웃음을 터뜨렸다.

"나도 거기에 있었거든."

샨은 몹시도 이 직원의 과거가 궁금해졌다. 아르고 형이 직접 곁에 두는 사람이니 분명 범상치 않은 곳에서 데려왔겠지만, 이건 조금만 캐봤을 뿐인데도 너무 화려하지 않은

가.

아르고는 팔짱을 끼고는 건들거리며 의자에 앉았다.

"뭐 제가 하고 싶은 말은 그뿐임다. 살려면 같이 살든가, 죽으려면 같이 죽든가 해야죠."

"뭐야아아아!"

마피아들은 아까보다 더 굉장한 기세로 분노했다. 회색 노인, 게리스는 각설탕을 집어 들어 차에 타지도 않고 생으로 오독거리며 씹었다.

"그만하세나. 그의 말은 틀린 게 없으니."

"게리스 어르신!"

게리스는 설탕 묻은 손가락을 핥았다.

"마이어하트 상회가 이곳을 독점하게 되면 상납금은 없겠지, 오히려 관리들을 등에 업고 토벌 작업에 들어가게 될 거야. 그렇게 되면 우리의 주 수입원인 마약과 매춘, 밀거래와 노예 매매는 불가능해질 거고."

"터를 옮기면 되잖습니까?"

"그곳에는 우리 같은 사람들이 없을 것 같나? 아닐세. 오히려 섣불리 옮기다가 파멸할 확률이 더 높다는 건 생각하지 않나?"

그는 혓바닥에서 손가락을 뗐다. 끈적끈적한 손가락을

냅킨으로 닦으며 말을 이어나갔다.

"이곳에 터를 잡은 조직만 여섯 개네. 수도가 아닌 이상 어떤 도시에 조직이 여섯 개나 자리를 잡고, 그 여섯 개 모두 불만 없이 공생할 수 있다고 보나?"

이번에는 아르고가 입을 열었다.

"그건 여기가 다른 도시에 비교되지 않을 정도로 많은 재화가 모이기 때문입다."

"바로 맞췄네. 마피아들에게 있어 항구도시란 노른자위 땅이야. 어떤 마약도, 어떤 밀거래도, 어떤 노예상도 직접 우리를 통해야만 가능하지. 이곳 영주는 세금에만 관심있고, 우리는 그들에게도 충분한 돈을 지불해 왔어. 그럼에도 매년 패밀리들을 먹이고도 남을 만큼 정말 많은 재화가 모였네. 그러나 그건 이제 불가능하네. 여섯 개 조직 중, 살아남을 조직은 겨우 하나. 아니 어쩌면 그 하나도 없어질지 모르지."

노인의 말에 아키시온파의 젊은 수장은 한참 생각에 잠겼다. 그는 신음을 삼키며 물었다.

"그러나 '염소'가 부족합니다. '염소' 열 마리 정도로도 부족하다고요."

그 말에 아르고가 몸을 일으켰다.

"물론 여러분께 모든 위험부담을 지게 할 수는 없십다.

제게 좋은 방법이 있거든요."

"좋은 방법?"

아르고는 허리를 굽혔다.

"적의 적은 아군이라죠."

아르고가 계획을 말할 때마다 조직원들의 얼굴이 파랗게 질려 갔다. 그가 말하는 건 이제 일개 마피아가 벌일 규모가 아니었다. 그러나 승산은 높았다. 그의 계획대로라면 위험부담 역시 절반으로 줄어든다.

샨은 구들장을 박찼다.

"샨!"

마그넬의 다급한 외침을 뿌리치고 샨은 1층으로 내려갔다. 그러고는 접대실을 힘껏 열어젖혔다.

모든 조직원들이 샨을 바라보았다. 샨은 헉헉대는 숨을 가라앉히며 말했다.

"안 돼요. 형, 그건 안 돼."

아르고가 의자에서 일어났다.

"여기가 어딘 줄 알고 온 거야."

샨이 대답했다.

"알아! 형, 하지만 그건 안 돼. 그랬다가는 크롬이……!"

게리스 어르신은 찻잔을 내려놓았다.

"호오, 아우님이 우리의 표적인 마이어하트 상회에 대해 깊은 유감을 표하고 있군. 설마 그쪽과 뭔가 접점이라도 있나 보지?"

외통수다.

겨우 성사시킨 일이다. 만약 여기서 그렇다고 대답했다가는 이번 일은 수포로 돌아간다. 무엇보다 이자들의 분노가 샨을 향해 쏟아질지도 모른다.

이자들은 농담을 모른다. 자신을 놀리는 자들에게는 거침없이 히트맨을 보낸다.

아르고 혼자라면 가능하다. 그러나 샨까지 지켜낼 수 있을까?

그것도 곧 홀로 아카데미로 돌아가야 하는 아이를?

아르고가 말했다.

"마그넬, 끌고 가."

"혀엉!"

아르고가 말했다.

"마음이 여린 것뿐입니다."

게리스 어르신이 웃음기 없는 눈으로 대답했다.

"무가(武家)의 아이가 살인을 두려워한다고?"

아르고는 눈을 감았다. 샨이 가장 싫어하는 말을 해야만 하는 때가 왔다. 독한 술을 삼키듯 그는 말을 내뱉었다.

"이 아이는 특별하거든요."

샤의 가슴이 내려앉았다. 유일하게 샤을 특별 취급하지 않던 형이었다. 샤이 떨리는 입술로 목소리를 냈다.

"형! 내 말을……!"

"끌고 가! 어서!"

마그넬은 샤의 팔을 붙잡아 당겼다.

문이 쾅 닫혔다. 샤은 닫힌 문을 향해 소리 질렀다. 마그넬은 샤을 들어서 어깨에 멨다. 워낙 가볍다 보니 잡아서 옮기는 건 어렵지 않았다. 그러나 샤은 버둥대는 걸 멈추지 않았다.

마그넬이 말했다.

"고마워해. 사장님은 널 구해 준 거야."

"놔 줘. 이대로 두면……!"

"애 같은 소리 하지 마. 노인 같은 외모에 속기라도 한 거야? 웃으면서 코트를 건네니까 동네 아저씨 같던? 세상에서 제일 무서운 사람들이야. 사람 죽이고, 팔고, 등쳐먹는 게 직업이라고!"

샤이 대답했다.

"하지만, 그게 친구를 버릴 이유는 되지 않아."

"친구? 그 녀석이 마이어하트의 가주가 되고 나서도 널 친구라고 부를 거라고 생각해? 정신 차려. 꼬맹아."

"아니야! 크롬은……."

마그넬이 말을 끊었다.

"애당초 친구라고 생각했으면 너희 형을 이런 식으로 공격하지는 않았겠지."

샨이 귀를 막고 고개를 저었다. 마그넬은 그런 샨을 향해 말을 내뱉었다.

"사실 친구라고 하는 거 너 혼자만의 생각 아니야?"

샨이 고개를 세차게 저었다. 마그넬은 샨의 방문을 열고는 샨을 침대에 들쳐 내렸다.

"우정은 끊어지지만 핏줄은 절대 못 끊어. 결국 마지막에 남는 건 가족 말고는 없어. 세상 천지에 마지막까지 네 편이 돼 줄 사람은 네 가족밖에 없다고. 그런데 친구? 친구우?"

그의 입가에 비웃음이 번졌다.

그는 방문을 바깥에서 잠그며 말했다.

"그 안에서 잘 생각해 봐. 아르고 사장님도 너 때문에 정말 많이 참아 줬어. 그 정도면 할 만큼 했지."

콰앙!

문이 잠겼다. 샨은 소리를 지르며 문을 두드렸다. 그러나 그날 내내 방문이 열리는 일은 없었다.

창밖으로 사람들이 지나갔다. 샨은 카이를 꽉 끌어안았다.

샨은 다시 문고리를 당겼다. 꿈쩍도 하지 않는다. 문 뒤에서 목소리가 들렸다.

"제발 부탁이에요. 사장님 좀 그만 괴롭히세요."

여직원의 목소리다. 일하는 내내 사장에 대한 뒷담화를 멈추질 않던 그녀였다. 사장 놈 때문에 명이 주네, 이 상단 와서 피부가 10년은 늙었네, 인간의 탈을 쓴 마왕이 분명하네……. 그러나 진심은 아니었던 모양이다.

다른 직원들 역시 마찬가지였다. 한마음 한뜻으로 악덕 사장 까는 맛으로 일하던 사람들이었다. 그러나 지금 모두 그를 지키기 위해 필사적이다.

그때 아르고 형은 이렇게 말했다.

'내 부하들은 식충이에 아직도 장사가 서툴지. 하지만 아직 어리고 충분히 성장할 기회가 있어. 그런 귀족 도련님의 천박한 경영 놀이에 이놈들을 포기할 생각은 없다.'고.

샨은 문에 몸을 기댔다.

"제법 인복이 있네. 형."

카이는 맑은 눈으로 샨을 올려다보았다. 샨은 카이의 콧잔등을 가만가만 쓰다듬었다.

밤이 되면 많은 사람들이 오갔다. 크롬을 죽이기 위한

계획이 하루하루 완성되어 가고 있다는 걸 뜻했다.

크롬과 아르고 형, 이 둘 중에 누구도 악인은 없었다. 누구도 진정으로 나쁜 사람은 없다고 샨은 그렇게 믿었다.

샨은 카이의 목을 껴안았다.

"둘 다 소중한 걸 지키기 위해 싸울 뿐인데. 왜 이렇게 되는 거지?"

차라리 누가 옳은 건지 정할 수 있다면 이렇게까지 마음이 아프진 않으리라.

그러나 학교에서는 결코 가르쳐 주지 않는다.

이 세상에는 검은색과 흰색보다 그렇지 않은 색이 더 많기 때문이다.

카이가 눈을 들었다.

"마마?"

"응."

"마마가 믿는 곳으로 가."

"카이……."

"용의 눈으로 보면 인간의 일은 이해할 수 없는 것들뿐이야. 하지만 이거 하나만은 알겠어. 마마는 누구보다 곧아. 마마는 누구보다 옳아. 나는 마마를 믿어."

카이는 샨의 가슴팍을 살짝 물었다.

"심장이 시키는 곳으로 가. 그러면 후회하지 않을 거야."

이 녀석이 언제 이렇게 큰 걸까.

그동안 몸만 컸던 게 아니었던 모양이다. 샨은 카이를 안은 손에 힘을 줬다.

Chapter 3

망자의 함

1.

아침 다섯 시, 초침이 12라는 숫자를 지나기가 무섭게 크롬은 눈을 떴다.

그가 손을 까딱이자 시종이 씻을 물과 오늘 입을 옷을 준비한다. 저혈압이 있기에 아침부터 기름진 베이컨과 홍차를 곁들인다. 간밤에 뒤숭숭한 꿈을 꿔서 그런지 눈 뜨기가 어렵다.

돌아가신 외할아버지와 새카만 강을 건너는 꿈이었다. 강이 얼마나 차갑던지 다시 생각해도 몸이 으슬으슬 떨린다.

그는 잠옷 차림으로 스푼을 집어 들어 홍차에 잼을 넣

는다.

한 스푼, 두 스푼, 세 스푼이나 집어넣고는 휘휘 저어 들이킨다.

당분이 들어가니 조금 머리가 맑아진다.

베이컨을 먹는 둥 마는 둥 하면서 그의 수호기사 겸 전속 노예인 네반 경에게 오늘 하루 일정에 대해 듣는다. 보통 제법 자기 관리한다 싶은 귀족들의 일정은 두 시간 단위로 이루어진다. 그러나 크롬은 30분 단위로 일정을 잘라 쓴다.

그나마도 이 정도면 여유가 있는 편이다. 아카데미에서는 5분 단위로 잘라 썼기 때문이다. 학과 수업, 학생회, 영지 관리, 과제, 그리고 수련. 이 다섯 가지를 하루 동안 하려면 몸이 열 개라도 부족했다. 게다가 마이어하트 가문의 후계자 수업은 대대로 강도 높기로 유명하다.

단순히 영지 경영에 대한 것만 배우는 게 아니라, 전반적인 상식과 가주가 갖춰야 할 교양, 군주론, 정치, 경영학, 사교까지 모두 함께 익혀야 한다.

그래도 방학을 맞은 지금은 상단 경영과 자기 수련, 이 두 가지만 하고 있다.

이번 여름방학은 중요하다.

마이어하트가의 꼬장꼬장한 노인들에게 후계자로서의

능력을 보여 주는 것과 동시에 자신과 가문의 위치를 외부에 알려 확고하게 굳혀야 하기 때문이다.

공식적인 후계자는 크롬 하나뿐이지만, 마이어하트 가문은 분가와 친척들이 많다. 거대한 영지와 엄청난 재화를 관리하기 위해서는 이미 내정된 후계자도 가차 없이 자르는 일이 왕왕 있다.

설마하니 천재 드래곤 나이트이자 드래곤 메이지이기도 한 그를 자르는 일은 없을 거라고는 하지만, 크롬은 완벽한 게 좋았다.

무엇보다 마이어하트가의 노친네들에게 약점을 잡혀 휘둘리고 싶지 않았다.

결혼하고 싶지 않다.

성인도 되지 않은 그에게 지금도 누군지도 모르는 아가씨들이 밤마다 침실로 들어오곤 한다. 마이어하트가를 섬기는 가문들의 영애들이다. 말이 제국령이지 마이어하트 가문의 영지쯤 되면 어지간한 왕과 맞먹는다. 일찌감치 성은을 입기라도 하면 그런 하급 가문들은 반세기는 배 두드리며 보낼 수 있다. 혹시라도 회임이라도 하게 되면 후계자로 내정 받을 가능성이 높다.

여자에게 관심이 없는 크롬이 못마땅한 노친네들이 부추기는 일이다.

크롬이라고 여자에 관심이 없는 건 아니다.

다만, 이상형을 만나지 못한 것뿐이었다.

평생을 함께할 반려다. 나중에 첩을 들일지라도 신중하고 싶었다.

가문에 모든 것을 내줄 수 있지만, 마음속 가장 부드러운 부분은 남겨두고 싶었다.

이런 소박한 행복도 크롬에게는 죽을 만큼 노력해야 겨우 얻을 수 있는 것이다.

크롬은 문득 책상 위에 시선을 옮겼다. 책상 위에는 빨간색 벨벳 구두가 장식처럼 올라가 있다. 보통 발 크기보다 작은 구두인데 결국 주인을 찾지 못했다.

샨이 알았다면 피를 토해도 두 번은 더 토했을 일이지만 크롬은 오늘도 구두 언저리를 정성스레 쓰다듬었다.

이윽고 그는 두 번째 홍차를 들이켜며 몇몇 서류들을 검토했다. 시종들은 그에게 옷을 입혔다. 흰색 블라우스에 검은색 타이로 마무리 지은 평상복이다.

화장실 가기 전에도 거울을 세 번이나 들여다보는 그의 성격을 생각해 봤을 때 상당히 수수한 차림새라 할 수 있다.

마지막으로 그는 염동력으로 모자를 들어 머리에 썼다.

시간은 귀중한 자원이고, 그는 그걸 낭비하는 법이 없었다. 그의 하루는 늘 톱니바퀴처럼 정확하게 맞물렸다.

그렇기에 오늘, 톱니바퀴가 칼날이 되어 날아왔다.

마이어하트가의 도련님은 깨닫지 못하고 있었다. 누구보다 정확한 생활 패턴을 가졌다는 건, 반대로 말해 누구라도 그의 생활 패턴을 파악하기 쉽다는 것. 그런 자들은 암살자들에게 최고의 만찬이 될 거라는 것.

그리고 정확히 아침 아홉 시, 크롬은 오늘도 아침 산책을 나갔다.

2.

땅거미가 내렸다. 한낮은 수평선 위로 붉은 띠를 그리며 흩어졌다. 밤공기가 습기를 먹고 밀려들어 온다. 저택 가장 높은 탑, 샨은 밖을 내려다보았다.

형은 하루 내내 보이지 않았다. 아래층에 직원들만이 몇 명 남아서 정리를 하고 있다.

계단 밟는 소리라도 울리면 올라와 잔소리를 한다. 그래서 샨은 내려가지 않기로 했다. 대신 저택의 가장 높은 곳으로 올라왔다.

오늘이 결행일이라는 건 이 집 안에 있는 사람이라면 누구라도 알 수 있었다. 시린 바닷바람이 옷자락 안으로 파고들었다. 스펀지가 물을 빨아들이듯 거리는 어둠을 빨아들인다. 붉은 띠가 수평선 위에서 저항을 해 보지만 부질없었다. 이윽고 하늘 위쪽, 북극성이 모습을 드러냈다.

샨은 카이를 끌어안았다.

용의 심장이 뜨겁게 울렸다. 소년과 용은 끌어안은 채 한 마디도 하지 않았다. 샨의 흰색 블라우스가 가을 녘 커튼처럼 부풀어 올랐다. 칼날 같은 바다 공기가 쇄골을 타고 척추 뒤까지 쓸어내려 간다.

야경꾼들이 거리를 돌아다니며 불을 밝혔다. 항구에는 아직도 배가 오가고 있었다. 마법사들이 부르는 순풍의 밀어가 귓가를 울렸다.

원래라면 인간은 들을 수 없는 언어다. 샨의 반지가 은은하게 빛을 뿌렸다. 카이의 눈은 샨의 눈이 되었고 카이의 귀는 샨의 귀가 되었다.

동화(同和).

교수님 없이 하는 건 위험한 짓이라고 아카데미에서 못이 박이도록 들었다. 그러나 이런 상황이라면 라온 교수님도 용서하시지 않을까.

'샨 군은 불량 학생이네요.'라고 대답하면서.

바람의 밀어가 노래처럼 밀려 올라갔다가 어둠에 부딪힌

다.

샨의 동공이 카이의 것과 똑같은 움직임으로 돌아간다. 기이한 마나의 흐름이 보였다.

소년과 용은 여전히 말이 없었다.

이윽고 석상처럼 서 있던 샨이 속삭였다.

"심장이 부르는 대로."

카이가 한쪽 날개를 펼쳤다. 갓 탈피를 마친 피막이 부드럽게 바람을 휘감았다. 순백색 비늘, 검은색 용에서 다시 백색 용으로 돌아왔다. 예전보다 훨씬 커진 골격과 단단한 비늘이 누가 봐도 뒤를 돌아볼 정도로 기품 있다.

카이의 금색 눈동자가 깜빡였다. 소년과 용에게는 더 이상 말이 필요하지 않았다.

샨은 카이를 끌어안았다. 소년의 팔이 목을 감자, 용은 두 날개를 힘차게 휘저었다.

그리고 둘은 종탑 아래로 추락했다.

귓가에 바람이 비명을 지르며 흩어졌다. 땅이 가까워진다.

뒤늦게 창밖을 내다본 종업원들의 비명이 하나하나.

샨은 카이의 마력을 느꼈다. 언제나 이륙과 착륙이 가장 어렵다. 비행이 처음이니 추락은 막을 수 없다. 샨의 손이 카이의 목을 붙잡았다. 마력이 집중되면 반지에서 빛이 폭발한다.

카이가 입을 벌려 땅을 향해 고압 브레스를 쏘았다.

크와아아앙!

푸른 용이 썼던 것과 같은 기술.

그 한 방에 상단 대문이 무너졌다. 근처 유리창이 일제히 깨져 나갔다. 사람들의 비명이 울렸다. 다행히 휩쓸린 사람은 없었다. 브레스의 반동으로 카이의 몸이 뛰어올랐다.

샤은 카이의 목에 손을 얹고는 집중했다. 고도를 가늠하기 위해서는 다시 쏴야 한다. 두 사람을 떠받칠 정도로 물리력이 있어야 하지만, 사람이 휩쓸리면 안 된다.

샤의 망막에서 문양이 그려졌다. 동시에 카이의 목에 힘줄이 솟아올랐다.

크아아앙!

아까보다 훨씬 범위가 집중됐다.

카이가 날개를 펼쳤다. 샤은 카이를 끌어안았다. 카이는 바람을 느끼고는 피막으로 힘껏 밀어냈다.

퉁!

건물 사이를 수직으로 솟아오른다. 샤은 현기증이 밀려옴을 느꼈다.

카이는 다시 날개를 저었다. 공기가 밀려내려 갔다. 몸이 솟아올랐다.

용의 시계(視界)는 인간과 다르다. 열을 볼 수 있는 그들의 망막은 작은 공기의 흐름마저 색(色)으로 아로새긴다.

강렬한 푸른색 색채가 바다 공기를 타고 올라온다. 열이란, 즉 공기의 흐름을 볼 수 있다는 건 기압차를 볼 수 있다는 것. 그렇기에 용은 어떤 생물보다도 빠르게 비행할 수 있다.

고도가 안정되자 샨은 동화를 풀었다. 용의 눈에서 인간의 눈으로 돌아온다. 안경을 벗은 것처럼 세상이 뿌옇게 느껴진다.

인간이 볼 수 있는 세상이란 얼마나 작은가.

카이가 물었다.

“기분 좋아?”

샨이 대답했다.

“응. 나는 게 이렇게 즐거운 일인지 몰랐어.”

카이는 날개를 독수리처럼 쭉 펴고 활강했다. 바람의 흐름을 타고 글라이딩 하는 기법이다. 사실, 용은 과학적으로 날 수 없는 생물이라고 한다. 몸체는 크고 그에 비해 날개는 짧다. 양력을 받기 위해서는 적어도 말이 달리는 속도로 도약해야 한다. 그러나 용들은 너무나도 쉽게 도

약한다.

누군가는 용이 마법 생물이기에 날개에 어떤 마법이 깃들어 있다 하고 또 누군가는 인간이 아직 발견하지 못한 어떤 물리 원칙이 작용하고 있다고 한다.

진실은 아직 모른다. 문득 샨은 영원히 밝혀지지 말았으면 좋겠다는 생각을 한다.

티스가 늘 하는 말이 있다.

비밀은 언제나 아름다운 법이라고.

짜릿한 첫 비행 속에서 샨은 끊임없이 크롬을 찾았다. 항구도시는 크고 밤거리는 깊었다. 그래도 크롬의 화염 마법은 하나같이 화려하기에 이 높이라면 금방 찾을 줄 알았건만, 도통 위치를 알 수가 없었다.

"역시 아까 마나의 흐름이 이상한 곳으로 가는 게 정답이었나?"

그곳 외에는 이상한 점은 없다. 샨은 카이의 목을 붙잡고는 그곳을 향해 저공비행을 시도했다. 용의 눈이 아니면 볼 수 없을 정도로 미세한 마나의 균열이 있었다. 가까이 다가가니 마력이 인위적으로 흐르며 막을 형성하고 있었다.

"뭐지?"

카이가 대답했다.

"마마, 돌파하자."

샨은 대답 대신 카이를 꽉 붙잡았다. 카이는 날개를 절반으로 접고는 매처럼 수직으로 낙하했다. 카이는 입을 벌려 브레스를 쏘았다.

크와아앙!

마력의 막이 걷혔다. 두 사람은 그 안으로 파고들었다.

결계 안은 온통 어두웠다. 가로등 빛이나 흔한 달빛조차도 비치지 않았다. 카이는 낮게 비행하다가 땅에 내려앉았다. 샨은 카이의 등에 내리자마자 땅에 쓰러졌다. 짧은 시간 동안 비행한 데다가 용과 동화까지 하고는 브레스만 세 번이나 쐈다. 인간의 몸으로 견디기가 쉽지 않다.

카이가 물었다.

"괜찮아?"

샨은 식은땀을 흘리며 몸을 일으켰다.

"응……."

다리가 후들거린다. 샨은 작게 심호흡을 하고는 카이의 뿔을 붙잡아 몸을 일으켰다. 크롬을 찾아야 한다.

결계, 외부와의 소통을 차단하는 마법.

이런 결계에 관련된 마법은 크게 세 가지가 있다.

첫 번째가 그린 타워의 '숲의 결계'로 상대를 같은 장소에서 계속 헤매게 하는 방법이다. 과거 엘프들이 자신의 마을을 지키기 위해 자주 사용하는 마법으로 한 번 설치하면 누가 내부에서 부서뜨리지 않는 한 마나의 공급 없이 반영구적으로 작동한다. 그러나 이걸 발동시키려면 생명력이 강한 숲이나 수정 동굴에서나 가능하다.

두 번째가 바로 블루 타워에서 사용하는 '차원 절단'이다. 고차원적인 마법으로, 마도사 여섯 명이 함께 최소 사흘 이상 주문을 걸어 발동시켜야 한다. 간단하게 설명하자면 공간과 공간을 인위적으로 절단해서 이어 붙인다. 외부인이 이 결계 안으로 들어가는 순간 도로 밖으로 나오게 된다. 결계 안으로 손을 집어넣으면 자신의 손이 도로 나오는 게 보이는데, 주로 지켜야 할 중요한 물건이 있을 때 사용한다. 한 번 결계를 발동하면 15일이 한계다. 물은 달과 밀접하게 관련이 있다. 달의 영향력이 바뀌면 물의 결계도 깨진다.

마지막이 바로 악명이 높은 블랙 타워의 '망자의 함'이다. 이 세상은 동전의 양면과 같다. 같은 건물도 산 자의 공간과 죽은 자의 공간이 나뉘어 있다. 동대륙에서는 귀신이 다니는 곳이라고 해서 귀도(鬼道)라고 부르는데, 이 '망자의 함'은 산 사람을 그곳으로 끌어 내린다. 한 번 끌려 내려가면 시전자가 스스로 마법을 풀거나 죽어야만 결계가 풀린다. 그러나 크롬이 무릎 꿇는다고 결계를 풀어 줄 정도로 착한 마피아가 아니거니와 자존심 강한 크롬이 평민에게 무릎을 꿇을 리도 없다.

다만 이 마법에는 치명적인 단점이 있다. 남을 무덤으로 끌고 간다면 자신도 무덤으로 끌려갈 각오를 해야 한다. 망자의 함을 발동시키면, 주술자 자신도 망자의 함 안에 묶여 있어야 한다. 그러니 다른 마피아들은 크롬을 암살할 때까지 몸을 숨기고 있어야 한다. 그렇지 않으면 분노한 크롬에게 목숨을 잃고 암살은 물거품이 될 테니까. 상대를 확실히 죽일 자신이 없다면 이 주술을 써서는 안 된다.

샨은 머릿속의 지식들을 한 권씩 꺼내서 교과서처럼 읽어내려 갔다.

교과서라니!

어느 교과서에도 이런 상황이 올 때 어떻게 해야 하는지 알려 주지도 않았건만!

샨은 손가락으로 두피를 두드리며 한참을 진정해야 했다.

"일단 여기는 X축만 같고, Y축은 다른 세계니까. 음…… 그러니까 크롬을 찾으려면 일단 어둠을 걸어야 해."

샨은 필사적으로 지식을 긁어모았다. 그러고는 의료 가방에서 물병을 꺼내 바닥에 뿌렸다. 그리고 진통제용으로 가져온 흰독말풀 가루를 꺼내 물 주변에 원을 그렸다.

카이가 물었다.

"마마, 그게 뭐야?"

"달을 불러 우리가 있는 위치를 고정시키는 거야. 차원축 X가 같다면 달은 뜨니까."

"지난번처럼 달을 끌어 내리는 거야?"

"그런 위험천만한 짓은 함부로 하면 안 돼. 어머니의 어머니들은 정말 변덕스럽거든. 이번에는 그냥 달빛만 빌리는 거야."

카이는 송곳니를 따닥 부딪쳤다. 샨의 말이 이해가 가지 않는 모양이다.

샨이 하고 있는 주법은 3학년 선배들이나 사용하는 주술이다. 그것도 정규 시험에 나올 일도 없는 주술로, 참고서에서나 겨우 읽을 수 있다. 샨은 역시 예습은 중요한 거라고 중얼거린다.

샨은 월계수 잎 원 안에 들어갔다. 구두 밑창에 물이 감겼다.

"카이도 들어와."

카이가 샨을 따라 원 안으로 들어왔다. 샨은 카이의 등

위에 올라타고는 주문을 외웠다.

"모든 어머니들의 어머니여, 물의 지배자여. 나, 차원의 경계에서 그대를 부르노니. 문 라이트 랩소디!"

발아래에 달이 떴다. 월계수 잎 원을 중심으로 어둠이 걷히기 시작했다. 카이는 하늘을 보더니 너무 놀라서 비명을 질렀다.

"마마, 달이 떴어!"

하늘 위에는 거대한 달이 떠있었다. 샨은 지친 목소리로 카이를 끌어안았다.

"달은 원래 떠 있었어. 다만, 우리 눈에는 보이지 않았던 거지."

어둠은 걷혔지만 세상은 온통 흑색과 백색으로만 보였다. 마치 검은색 파스텔로 세상을 그려놓은 것만 같았다. 흑백의 세상을 바라보며 샨이 대답했다.

"사실 나도 정말로 성공할 줄은 몰랐어."

"마마, 힘들어?"

샨이 대답했다.

"조금."

카이는 샨을 태운 채로 앞으로 걸어갔다.

"내가 갈게, 마마는 등에서 쉬고 있어."

평소라면 카이 허리에 안 좋다고 끝까지 걸어가는 걸 고집했겠지만, 지금은 시간이 없었다.

"부탁할게."

"응!"

카이가 앞으로 달려갔다. 말보다는 조금 느리고 사람보다는 훨씬 빠른 속도였다.

이 결계 안 어딘가에 크롬이 있을 게 분명하다. 샨은 부디 너무 늦지 않기를 기도했다.

3.

같은 시간, 아르고는 상단으로 돌아왔다.

처참하게 박살 난 상단 대문을 보고 처음에는 적이 침입해 왔는가 했다. 그런데 직원 모두 상처 하나 없이 사장을 마중 나왔다. 그러나 불길했다. 모두 두 손을 모으고 석고대죄라도 하는 표정으로 어쩔 줄 몰라 하는 게 아닌가.

아르고가 물었다.

"무슨 일임까?"

매도 먼저 맞는 게 낫다는 게 누베스 상단의 진리다. 어차피 언젠가는 걸린다. 지금도 죽지만 나중에 걸리면 더 죽는다. 그들은 목울대로 침을 꿀꺽 삼켰다.

가장 나이가 많은 마그넬이 총대를 메기로 했다.

“샨이 없어졌습니다.”

아르고의 표정이 굳었다. 마그넬이 소리 질렀다.

“사, 사장님 죄송합니다! 설마하니 그렇게 날아갈 줄은 누, 누가 알았겠습니까? 사람을 태우기에는 어리잖아요. 그, 그게…….”

마그넬은 두 눈을 질끈 감았다. 이제 손이 날아오든 발이 날아오든 둘 중 하나다. 그러나 아르고는 직원을 패는 것 대신 상단 안으로 달려갔다. 그러고는 무기를 챙겨 들고는 다시 밖으로 달려 나왔다.

“사장님, 사장니임!”

마그넬이 불렀지만 아르고는 대답하지 않았다. 아니, 대답할 수가 없었다.

만에 하나, 천만에 하나 자신의 실수로 하나뿐이 동생을 잃을 수도 있다는 생각을 하니 숨이 막혔다. 자신도 모르게 울컥 눈물이 나올 지경이었다.

“빌어먹을…….”

이럴 줄 알았으면 같이 있을 걸.

마피아들 손에 맞기고 그냥 샨과 같이 대기할걸!

아니, 샨을 상단으로 부르지 말걸. 처음부터 샨을 이곳에 데려오지 않았다면 됐을 텐데!

후회는 아무리 빨리해도 늦다.

아르고는 돌아가신 어머니께 기도했다.

"제발, 엄마. 샨을 데려가지 마. 그 애는 아직 어리단 말이야!"

세계의 뒤쪽, 산 자는 가서는 안 되는 세계. 동쪽 대륙에서는 귀도(鬼道)라고 부르고, 이쪽 대륙에서는 그저 '세상의 뒷면'이라고 부르는 곳.

크롬은 어두운 하늘에 달이 뜨는 걸 보았다. 차원 축을 고정시켜 저쪽 세계의 빛을 이쪽 세계로 끌고 오는 건 이제는 잊히다시피 한 마법이다. 마법사들이 배우는 12종 정규 교과서 중에 이 마법을 언급하는 건 단 1종뿐이다.

그것도 두 줄 정도로 짤막하게 요약되어 있는 것으로 이 마법을 안다는 건 굳이 그 1종 교과서의 참고서까지 열어서, 그 마법서를 찾은 후 페이지를 정독하고 거기에 필요한 레시피를 모조리 외워야만 가능하다.

크롬의 주변에 그런 짓을 할 만한 사람은 하나밖에 없었다.

그는 화염을 일으켜 적의 두개골을 태웠다.

"샨이 오는군."

"샨이라면, 주군의 친구분이신……."

크롬의 수호기사 네반 경은 끊임없이 밀려오는 암살자들을 향해 거대한 투핸드 소드를 휘둘렀다.

크롬이 대답했다.

"그 녀석 아니면 누구겠어?"

후회는 아무리 빨리해도 늦다. 크롬은 망자의 함이 열렸을 때, 그제야 자신이 함정에 빠졌음을 깨달았다. 단 한 번도 후계자 싸움을 겪어 보지 못한 크롬에게 암살 시도는 멀고 먼 이야기였다.

그는 아직 가주가 아니고 후계자이며, 그동안은 이렇게 적극적으로 가문의 일에 뛰어든 적이 없었다. 그렇기에 대부분의 암살 시도는 현직 가주이신 아버지가 겪지 크롬이 겪을 일은 별로 없었다. 그렇다고 대비를 전혀 하지 않은 건 아니다.

그를 지키는 수호기사 네 명 중, 셋이 죽었다. 지금 남은 건 가장 실력이 뛰어난 네반 경이다. 그러나 지금 네반 경도 어깨에 큰 부상을 입고 있었다. 크롬은 이마를 찌푸렸다.

"골치 아프군."

크롬의 머리 위에는 화룡 플라멜이 끝없이 불을 뿜고 있었다. 플라멜이 불을 뿜을 때마다 적들이 뒤로 물러났다.

네반 경이 암살자들을 향해 검을 휘두르며 물었다.

“절 버리고 비행하십시오, 주군! 플라멜 정도라면 주군 한 사람은 태우고 날 수 있지 않습니까!”

크롬이 말했다.

“멍청아, 공중으로 난다고 한들, 흑마법사를 찾을 수 있을 거라고 생각하냐? 오히려 엄폐물도 없이 공격에 무방비하게 노출된다고!”

“그래도 지금 상황은 어떻게든 벗어날 수 있을 것 아닙니까?”

“죽을 생각 마라.”

크롬이 손가락을 튕기자 보라색 화염이 대지를 질주했다. 크롬이 말했다.

“네놈이 죽어 버리면 내 등은 누가 지키지?”

그러나 뾰족한 수가 있는 것도 아니었다.

고작 두 사람이 이 수많은 사람을 상대하는 건 한없이 불가능에 가깝다. 완곡히 표현해도 자살 행위다. 크롬은 혀를 찼다.

그동안 마피아란 존재를 너무 쉽게만 봤다. 인정할 건 인정해야 했다. 이번 일은 자신의 오만이 초래했다. 샨이 말했었다.

'크롬, 넌 죽게 될 거야.'

그의 말이 저주 같아 화를 냈다.

어째서 그때 좀 더 참지 않았나. 어째서 샨의 이야기를 더 듣지 않았을까.

후회는 아무리 빨리해도 늦다.

"쳇."

그때 크롬 머리 위로 그림자가 졌다. 용이 이쪽을 향해 날아오고 있었다. 날갯짓이 무척 어설펐다. 금방이라도 떨어질 것처럼 아슬아슬하게 비행하던 용은 크롬 바로 눈앞에서 불시착했다.

쿠우웅!

크롬이 소리 질렀다.

"빌어먹을, 샨! 이 샨 알테리온 바보 자식아!"

카이는 은색 가죽이 움푹 패 피를 흘리고 있었다. 그토록 아름답던 몸체가 적들의 공격으로 남아난 게 없었다.

샨은 크롬을 돌아보았다. 그리고 의료 가방 가장 깊숙한 곳에 숨겨 왔던 플라스크를 꺼냈다. 플라스크 안에는 은빛 수은 같은 액체가 빙그르르 돌고 있었다.

크롬은 그게 그제야 연금술 시간에 배운 하급 호문클로스를 압축한 액체라는 걸 깨달았다. 그렇다고 해도 그 액체를 만들기 위해서는 냄비 하나를 통째로 써야 했다.

그렇게 해도 겨우 한 방울밖에 연성 되지 않았다. 그걸 저 정도 크기로 만들려면 얼마나 많은 노력을 해야 하는 걸까.

샨은 플라스크를 터뜨렸다.

그리고 크리쳐를 향해 시동어를 외웠다.

"리빙 월."

은색의 벽이 골목을 가로 막고 솟아올랐다.

살아 있는 벽인 리빙 월은 적들을 가로막고 자리를 잡았다.

샨이 창백한 얼굴로 크롬을 돌아보았다.

"겨우…… 맞게 도착했구나."

그러고는 다리에 힘이 풀려 주저앉았다.

한꺼번에 지나치게 많은 마법을 사용했다. 수명이 조금 줄었을지도 모르겠다. 그래도 늦지 않아서 다행이다. 정말 다행이라고 샨은 생각했다.

카이가 샨의 뺨을 핥았다.

"마마, 정신 차려."

"응. 괜찮아. 조금…… 지쳤을 뿐이니까."

크롬은 샨에게 다가가 목에 손가락을 얹었다. 용의 마력을 너무 써 버렸다.

소드 패스가 너덜너덜할 정도로 엉망이다.

"죽고 싶어 발악을 하는군."

크롬은 투덜거리며 리빙 월을 올려다보았다. 샨이 대답했다.

"세 시간은 버틸 거야."

크롬이 입을 열었다.

"아니, 한 시간밖에 견디지 못할 거다."

샨이 눈을 들었다.

"왜?"

"정말 엄청난 녀석이 부하들을 끌고 왔거든, 외곽에서 대기하고 있지만. 상황이 좋지 않게 돌아간다는 걸 알면 그놈이 올 거야."

샨은 숨을 헐떡이며 몸을 일으켰다.

"누군데?"

크롬이 눈을 가늘게 떴다.

"샨, 적의 적은 아군이야."

"정치 수업 때 배웠던 이야기잖아."

"그래. 그럼 내가 아카데미 안에서는 평범한 학생으로 불릴지 몰라도 밖으로 가면 한 가문의 기둥이라는 것도 알겠군."

엄연히 말하면 크롬은 평범한 학생으로 불리지는 않는다. 성격 더러운 개자식으로 불리지.

샨은 그 말을 삼키고는 고개를 끄덕였다.

"……그래서?"

"그건 다른 녀석들에게도 적용되는 이야기야. 그건 이해하지?"

샨은 크롬의 눈을 바라보았다. 샨이 아는 한, 크롬은 어떤 이야기를 함에 망설임이 없는 사람이었다. 누구보다 거만하고 누구보다 오만한 친구였다.

크롬이 말했다.

"바스커빌가라고 알아?"

샨의 눈이 커졌다.

"설마……."

"그래, 지금 이 벽 너머에서 오고 있는 사람이 바로 지젤 바스커빌, 바스커빌 가문의 죽음의 개이자 마이어하트가의 숙적 중 하나다. 어쩌면…… 네 친구 중 하나일지도 모르겠군."

샨이 비명을 질렀다.

"그, 그럴 리가!"

4.

아르고는 결계를 향해 달려갔다. 겉으로 봐서는 평범한 뒷골목이다. 길고양이가 눈을 빛내고, 악취가 배어 나오는 어두운 골목길. 그러나 그건 인간이 살고 있는 현실 세계에서나 그렇게 비칠 뿐이지 저편 세계에서는 지금 피와 살이 튀는 혈투가 벌어지고 있다.

아르고는 마법에 대해 잘 모른다.

그가 배운 건, 무기를 어떻게 다루는지 어떻게 빠르게 적을 두드리는지였지. 복잡한 주문이나 주술이 아니었다.

그가 뽑아든 건, 다름 아닌 창이었다.

창은 검보다는 다루기가 어렵다. 그러나 고수의 경지에 이르면 검을 부수고 석궁을 막아낸다. 긴 길이와 탄성을 이용해 적의 말을 무너뜨리고 두개골을 으스러뜨릴 수 있다.

일대 다수에 특화된 무기가 바로 창이다.

그는 창을 들고 벽을 바라보았다. 창끝으로 날카로운 검기가 솟아올랐다. 그는 위에서 아래로 창을 내질렀다.

그러자 결계가 찢어지며 모습을 드러냈다.

망자의 함은 안에 있는 사람을 밖으로 나오지 못하게 하는 데 쓰는 결계, 외부에서 내부로 들어가는 건 이렇게 강한 힘으로 내리긋기만 해도 들어갈 수 있다.

입구 안으로 들어가자 칙칙한 회색 골목이 모습을 드러

냈다. 이 세상의 모든 색이라고는 검은색과 흰색밖에 없는 것 같았다.

아르고는 뒷면 세계에 대해서 잘 모른다. 다만 당장 동생을 찾아가야 한다는 것만 알고 있었다.

골목 밖으로 나오기가 무섭게 아르고는 걸음을 멈췄다. 회색 노인이 지팡이를 짚은 채 서 있었다.

“어리석군.”

“게리스 어르신입까?”

마피아 리베도파의 수장이었지만 지금은 은퇴한 사람이다. 그런 그가 이 자리에 나와 있을 정도의 사태다. 아르고는 입술을 깨물었다.

노인이 말했다.

“어리석구나. 아르고 알테리온, 대를 위해 소를 희생하는 건 당연한 일이 아닌가. 무가(武家)에 자랐으면서 모른다고 하지 않겠지.”

“작전을 중지해야 합니다.”

“지금 우리는 호랑이 등에 탄 격이네. 바스커빌 가문을 끌어들인 건 바로 자네 아닌가. 이제 와서 그만둘 수 있다고 생각하는 건 아니겠지? 여기서 멈췄다가는 마이어하트 가문뿐만 아니라 바스커빌 가문과도 적이 되네. 그게 무슨 뜻인지는 잘 알겠지?”

아르고는 하늘을 바라보았다. 여기서 샨을 포기하지 않으면 모든 걸 잃게 된다. 평생 뼈 빠지게 일군 사업뿐만 아니라 자신의 생명, 아니 이제는 바스커빌 가문까지 끌어 들였으니 알테리온가의 가족들에게도 폐를 끼치게 된다.

아르고는 그냥 웃어 버렸다.

평생에 걸쳐 쌓아 올려도, 잃는 건 얼마나 쉬운가.

그는 손으로 얼굴을 가리고 한참을 웃다가 가면을 벗듯 손을 내려놓았다. 그러고는 이곳에 있는 자 누구도 들어 본 적 없는 낯선 목소리로 말했다.

“비켜.”

살기가 아르고를 중심으로 폭발했다.

“결국 자네의 대답이 그건가? 공과 사를 구분하지 못하는, 그것밖에 안 되는 사내였나?”

아르고는 창을 들어 그를 가리켰다.

“처음에 나도 그렇게 생각했지. 그런데 막상 닥치고 보니 그렇지 않더라고. 사업은 다시 일으키면 된다. 역경은 이겨내면 돼. 그러나 떠나간 가족은 두 번 다시 되찾을 수 없어.”

노인은 지팡이를 집어 들었다. 지팡이를 뽑자 숨겨진 칼날이 모습을 드러냈다.

“그때 이야기 기억나나? 자네 혼자라면 한 가문의 히트맨 정도야 무너뜨릴 수 있겠지만, 과연 여섯 가문의 히트맨을 어떻게 상대할 것인지 물었던."

그의 뒤로 마피아들이 걸어왔다. 검술 자체는 용병에 가까우나 기사들처럼 마나를 익힐 줄 알았다. 그도 그럴 게 당연했다. 마피아의 기원은 과거 수없이 많았던 전쟁 속에서 쫓겨난 기사나 패잔병들이 모여 만든 무력 집단이다.

검을 다룰 줄 알고, 마나를 쓸 줄은 알지만 밭을 일구거나 물건을 파는 일조차 할 줄 모르는 그들이 먹고 살 수 있는 방법은 약자를 약탈하는 것뿐이다. 홀몸이라면 산속으로 숨어 들어가 야인이 되거나 백의종군하며 지낼 수 있다. 그러나 먹여 살려야 할 가족들이 있다면 이야기가 달라진다. 그 집단들이 새로운 세력을 만들고 뭉치고, 후대로 전수되며 계파가 뚜렷해졌다.

단테스가 있는 알파도처럼 비전 무술도 없고, 뿌리도 알 수 없는 모호한 곳도 있지만 대부분은 자신의 계파가 뚜렷했다.

게리스가 말했다.

"선대분들은 모두 혁명군이었지. 북대륙에서 세상을 바꾸고자 혁명을 일으켰지만 끝내 실패하시고 유배되셨다."

아르고가 차갑게 대답했다.

"그래서?"

"그분의 혼은 우리 검 안에 남아 있다네. 젊은 친구."

노인이 검을 털자 그 신호로 적들이 몰려들었다. 하얀 세검 칼날이 아르고의 목젖 위, 부드러운 곳을 찔렀다.

더할 나위 없이 날카로운 공격이다. 아르고는 창으로 후려쳤다.

5.

크롬의 부상은 그리 크진 않다. 그러나 문제는 수호기사인 네반 경이다. 주군의 공격을 대신 맞아 상처가 극심했다. 샨은 전투용 포션을 꺼내 들었다. 회복용 포션보다 효과는 떨어지지만 약효가 빨리 듣고 지혈 효과와 진통제 효과가 있다.

샨은 포션 사용 외에도 네반 경에게 부작용이 걱정될 정도로 독한 진통제를 먹이고는 바로 어깨를 봉합했다.

조급한 마음에 실수할 만도 하련만 샨의 손은 정확하게 움직였다.

샨이 형들을 치료해 줄 때는 언제나 전투가 끝난 다음이지 이런 상황은 아니었다. 급하게 하는 건 처음이라 샨의 뺨을 타고 땀방울이 흘러내렸다.

"시간이 없어서 상처가 벌어지지 않을 정도로 겨우 봉합한 거라 오래 싸우지는 못할 겁니다."

네반 경이 대답했다.

"당장 싸울 수 있는 것만으로도 충분하오."

샨은 심호흡을 했다. 그러고는 어긋난 어깨뼈를 맞췄다.

우드득—.

그렇게 진통제를 독하게 썼는데도 네반 경은 고통을 참지 못하고 신음을 질렀다.

원래는 뼈부터 맞추고 시작해야 하는 게 정상이다. 그러나 그랬다가는 지혈은커녕 상처가 더 벌어질 수가 있었다. 포션 효과만 믿고 급한 마음에 시도했지만 이게 맞는지도 확신이 없었다.

겨우 마음에 여유가 돌아오자 샨이 물었다.

"지젤이라고? 하지만 지젤은……."

"여자지. 그렇다고 그녀의 실력이 남자보다 못하다고는 생각하지 않는데? 학교 전체를 따져도 상위 열 명 안에는 들걸?"

생각해 보니 어지간한 장정 너덧은 맨손으로도 가볍게 물리친다. 티스를 보고 혀를 차던 아론 교수님도 지젤에게는 고개를 끄덕일 정도였다.

크롬이 말했다.

"바스커빌가는 공식적으로는 여자는 전쟁에 나가지 않아. 하지만 전쟁에 나가지 않는다고 무(武)를 배우지 않는 건 아니야."

그때 리빙 월에서 둔탁한 충격이 일어났다.

투웅—.

벽이 마치 거대한 종을 치는 것처럼 묵직하게 진동했다.

검으로 때려서는 절대 이런 소리가 나오지 않는다. 진동은 점점 더 커져 갔다.

투우웅—.

두 번, 세 번 공격이 이어지자 리빙 월은 부서질 듯 휘어졌다. 크롬은 포션을 입에 물었다. 진통 효과가 몸에 스며든다. 고통이 경감되자 머리가 점점 맑아졌다.

다행히 벽은 부서지지 않았다.

이윽고 합, 하는 기합 소리와 함께 누군가가 거대 헬버드로 장대높이뛰기를 했다. 순금색 머리카락과 새하얀 레이스가 보였다. 샨이 눈을 크게 떴다.

"어라, 샨 군? 여긴 웬일이야?"

지젤 바스커빌.

그녀가 리빙 월 위에서 샨을 향해 인사했다.

크롬이 손에서 불꽃을 만들었다.

"왔나?"

건드리면 바로 얼굴을 향해 화염을 퍼부을 기세다. 그러나 지젤은 전혀 아랑곳하지 않았다. 그녀는 가슴과 어깨만 덧댄 판금 갑옷을 입고 있었다. 그러나 그 속에는 활동용 드레스를 입었는데, 아무리 지체 높은 가문의 레이디라고 해도 바지가 아닌 치마를 입은 건 이상했다.

샨이 그녀를 뚫어지게 바라보자 그녀가 물었다.

"팬티 보여 줄까?"

"돼, 돼, 됐어요!"

"오늘은 보여 줘도 되는 걸로 입었는데. 샨은 곰돌이 무늬 싫어? 의외로 어른 취향?"

샨이 얼굴을 붉혔다.

"우왓, 애초에 전쟁터에서 왜 그런 옷을 입고 온 거예요?"

"하지만 남자 옷은 안 예쁜걸. 칙칙하단 말이야."

피와 살이 튀는 전쟁터 속에서 그녀는 마치 소풍이라도 나온 것처럼 발랄하게 말하고 있었다. 샨은 그제야 뭔가가 잘못되고 있다는 걸 깨달았다.

샨이 물었다.

"무의미한 싸움은 그만둬 주지 않을래요?"

그녀가 검지를 흔들며 명랑하게 대답했다.

"당연히 무의미한 싸움은 그만둬야겠지."

"그럼……!"

그녀의 입꼬리가 내려갔다. 속을 알 수 없는 무기질의 눈동자가 대답했다.

"그런데 이건 의미가 있는 싸움이거든."

샨이 고개를 저었다.

"하지만……!"

"자, 샨 군? 난 샨 군을 공격하고 싶지 않아. 여기서 샨 군을 죽여 버리면 알테리온가의 귀에 들어가지 않게 입막음해야 하거든. 그러면 내 부하들을 많이 죽여야 할 거야. 그렇게 되면 그 사람들 모두 전사자 처리해줘야 할거고, 우리 영지에서는 전사자 유가족들은 5년 동안이나 연금을 지급해 주거든, 그럼 낭비잖아."

샨은 그제야 깨달았다.

그녀에게 있어 살인이란, 현실이었다. 그 안에서는 불쌍하다든가, 안타깝다든가 하는 감정은 거세되어 있었다.

그녀가 샨을 향해 손을 뻗었다.

"지금이라도 약속해 줄래? 우릴 상대로 싸우지 않겠다고. 그러면 샨 군만은 살려 줄게."

"그, 그럴 수 있을 리 없잖아요!"

그녀가 뺨을 긁었다.

"우웅, 어쩌지? 이쪽으로서는 정말 큰 호의를 베푼 건데. 그래도 난 샨 군이 좋은걸. 샨 군은 살리고 싶고…… 우웅, 아 맞다. 어이 크롬!"

크롬이 그녀를 올려다보며 차갑게 뇌까렸다.

"무슨 일이지?"

"저기 그냥 항복하고 인질이 돼주면 안 돼? 그러면 너도 살고 샨 군도 살잖아. 니 몸값으로 딱 성 두 채만 부를게. 니네 아버지 땅 많잖아. 그 정도는 내줄걸?"

크롬은 가운뎃손가락을 치켜들었다.

"꺼져."

그녀가 너무너무 아쉽다는 표정을 지었다.

"하아, 이렇게까지 해 줬는데도 사람 성의를 너무 무시하네."

샨이 되물었다.

"어째서 이러는 거죠? 우리 같은 학교잖아요!"

"같은 학교지."

"왜 이러는 데요?"

"글쎄, 같은 학교일 뿐이라서? 만약 크롬 군이 태중 약혼을 파기하지 않았다면 이렇게 싸우지는 않았을걸?"

샨이 두 사람을 번갈아 보았다.

"태, 태중 약혼이요? 아이가 태어나기도 전에 미리 배필을 정한다는……."

크롬이 차갑게 대답했다.

"네년이랑 살 바에는 차라리 혀를 깨물고 말지."

지젤이 크롬을 비웃었다.

"피차 마찬가지야. 그때 거절해 줘서 고마웠어."

샨이 되물었다.

"그 정도나 되는 사이면서 대체 왜 싸우는 건데요."

크롬이 샨을 향해 윽박질렀다.

"너 바보냐? 태중 약혼이라는 게 로맨틱한 이야기인 줄 알아? 그건 정략결혼이라고! 쟤는 내가 정략 결혼할 뻔한 최악의 여자 베스트 50 중에서도 손꼽히거든?"

결혼할 뻔한 최악의 여자가 최소한 50명이나 되는 거냐! 샨은 경악했다. 한편 지젤의 이마에 힘줄이 돋았다. 그녀가 싸늘하게 되받아쳤다.

"호오, 그래? 그래서 니 이상형이라는 빨간 구두 아가씨는 찾았냐?"

샨이 핏빛 얼굴로 빼에엑, 소리 질렀다.

"그 말이 왜 나옵니까아아아!"

크롬이 뇌까렸다.

"더러운 입으로 나의 여신에 대해 욕하지 마라."

샨은 머리를 부여잡았다.

"그만해요, 좀!"

다행히 그녀는 히죽 웃더니만 그 이상은 말하지 않았다.

그녀가 다시 말을 했다.

"뭐, 어쨌거나 아쉽게 됐어. 샨 군만은 살리고 싶었는데 말이야. 바보 같은 누구 때문에 길동무하게 생겼네?"

크롬이 화염을 집어던졌다. 보랏빛 화염구가 무시무시한 기세로 날아가자 그녀는 헬버드를 뻗어 화염구를 향해 힘껏 후려쳤다.

콰아앙!

압도적인 파괴력에 크롬의 화염구가 흩어졌다. 그녀는 헬버드를 크롬을 향해 집어던졌다. 크롬이 날렵하게 공격을 피했다.

헬버드가 구덩이를 만들며 땅에 꽂힌다. 도무지 여자의 힘이라고는 보기 어려웠다. 그녀가 방긋 웃었다.

"그럼, 30분 후에 또 봐."

그녀는 벽 뒤로 돌아갔다. 벽 뒤에서 소리가 울렸다.

"부숴 버려!"

콰아앙!

벽에 금이 가기 시작했다.

6.

창의 극의는 처음도 끝도 하나다.

자신의 앞을 제압해서 그 순간을 제압하고, 다시 그 앞을 제압해서 그 공간을 제압한다. 또다시 그 앞을 제압해서 그 전투를 제압한다.

그러나 공격에 실패하게 되면 가슴팍이 무방비 상태가 되기 때문에 이쪽이 죽는다.

아르고는 아버지의 가르침을 기계처럼 떠올리며 창끝을 움츠러든 뱀처럼 끌어당겼다. 그리고 그 반동을 삼아 힘껏 창을 내뻗었다.

—알테리온 필살, 스톰 스피어!

창끝이 돌풍을 이끌고 일직선으로 적들을 찌른다.

네 겹으로 겹겹이 이어진 포위망이 그 일격에 뚫렸다. 아르고는 앞으로 달려 나갔다. 제법 검을 익힌 자가 아르고를 향해 검기를 뻗었다.

아르고는 놈의 공격을 창대로 막아내고는 그 충격을 어깨에서 허리로, 허리에서 무릎으로, 무릎에서 발바닥으로 전달한다. 그리고 진각을 밟아 충격량을 한 번 더 증폭시킨다.

쿠웅!

충격은 다시 발바닥에서 무릎으로, 무릎에서 허리로, 경력을 타고 마침내 어깨에 맺힌다. 창술은 팔로 하는 게 아니다. 바로 어깨로 하는 것.

짧은 시간 동안 놈의 공격을 흡수한 아르고는 그 충격량만큼 되돌려준다.

콰앙!

놈의 몸이 날아올랐다. 아르고는 창대를 휘둘러 다음 적을 쓸어버렸다. 고작 1미터 30센티미터 남짓한 간격이다. 그 간격 안으로 들어오지 못하고 적들은 추풍낙엽처럼 스러져 간다.

전황을 내려다보고 있던 게리스 노인이 말했다.

"대단하군. 과연 알테리온가야."

그는 솔직하게 감탄했다.

알테리온가의 선조들은 동대륙에서 왔다고 한다. 동대륙은 마법이 없는 대신 무예가 극한까지 이르렀다고 알려졌다. 그러나 제아무리 일대 다수에 특화되어 있다는 창술이라고는 해도 뼈와 살로 이루어진 사람인 이상 지칠 수밖에 없다.

노인이 말했다.

"그들을 불러라."

"네."

부하들이 그에게 허리를 굽혔다. 노인은 즐겁다는 표정으로 아르고를 내려다보았다. 마치 폭풍우를 만난 조각배 같다. 인간은 지친다. 그건 아르고 본인이 누구보다 실감하고 있었고, 노인은 그걸 이용할 줄 알았다.

아르고의 창끝이 적을 향해 끊임없이 쇄도했다. 그러다가 문득 아르고의 귓등이 움찔거렸다. 그가 창을 뒤로 휘둘렀다.

카앙!

볼트가 창에 얻어맞고 튕겨 나갔다. 적들이 한 걸음 뒤로 물러난다. 그들 머리 위에서 석궁이 몰아치기 시작했다.

"제길, 지칠 때를 기다린 건가?"

아르고는 창을 핑그르르 휘둘러 볼트를 쳐내기 시작했다. 이런 공격을 창날로 받았다가는 샨을 구하기도 전에 날이 상한다.

그렇다고 창대로 받는 건 더더욱 말이 안 된다.

석궁은 100미터 밖에서 판금 갑옷을 관통시킬 만큼 무시무시하다.

"이럴 줄 알았으면 뺀질거리지 말고 좀 더 수련하는 건데에!"

아르고는 창으로 땅을 후려쳤다. 마치 장대높이뛰기를 하듯 3층짜리 건물 위로 솟아올랐다.

그는 한 손으로 지붕 끄트머리를 잡고는 다시 몸을 튕겼다. 어깨에서 굵은 힘줄이 도드라졌다. 그의 몸이 위로 솟아올랐다.

놈들이 아래에서 아르고를 향해 손가락질하더니 지붕을 향해 올라온다. 그 순간, 아르고는 어깨를 움켜쥐었다. 석궁 볼트가 살 속을 깊숙이 관통했다. 위로 도망치는 찰나 적의 공격에 고스란히 노출되었다.

석궁 볼트가 살 속으로 파고들며 고통은 점점 더 커졌다.

아르고는 신음을 삼켰다.

치명상이다. 그러나 달리는 걸 멈추지 않았다. 샨을 만나야 한다.

적들의 공격은 계속해서 이어졌다. 아르고는 소리 지르며 샨을 찾았다. 문득 아래에 적들이 모여 있는 게 보였다. 은색 벽이 길을 가로막고 있었고, 그 뒤로 기사들이 벽을 향해 검을 내리긋고 있었다.

아르고는 직감적으로 저 벽이 샨과 관련이 있음을 깨달았다.

"샤아아안!"

그때 창날이 아르고의 미간을 향해 날아왔다. 아르고는 고개를 꺾어 창날을 피했다. 몸을 한 바퀴 돌아 회전력을 만들어 창날을 붙잡았다.

타앙!

얼마나 강하게 쐈는지 손바닥에 피가 맺혔다. 그러나 붙잡은 창을 다시 쏘려는 순간, 창이 스스로 가루가 되어 흩어졌다. 그 말은 즉, 마법으로 만든 창이라는 뜻.

로브를 쓴 흑마법사가 이쪽을 바라보고 있었다.

"하, 하핫! 결국 주술사까지 나선 거냐?"

흑마법사가 말했다.

"지젤 바스커빌 님과 만나게 할 수는 없습니다. 아르고 님, 지금이라도 돌아가시죠. 거친 방법은 쓰고 싶지 않습니다."

"거친 방법?"

아르고는 피식 비웃었다. 각오는 처음부터 되어 있었다. 다만 그의 동생을 지킬 수 있느냐는 것.

아르고가 숨을 삼켰다.

"덤벼."

흑마법사들이 땅을 짚자 망자의 유령들이 솟아났다. 아르고는 창을 휘어 감고는 다른 손으로 자세를 잡았다.

동생이 코앞에 있다.

7.

"샤아아안!"

형의 목소리에 샨은 화들짝 놀라 위를 올려다보았다. 샨의 망막 위로 카이의 동공이 겹쳤다. 동화(同化), 무모했다. 이런 몸 상태에서 할 짓이 아니다. 그러나 카이로 인해 확장된 시야는 형의 위치를 정확하게 잡을 수 있었다. 동시에 흑마법사 역시 모습을 드러냈다.

샨은 동화를 해제했다.

인간의 시력으로 돌아오는 것과 동시에 피가 입에서 왈칵 나왔다.

샨이 물었다.

"크롬, 저기까지 날 수 있어?"

쿠웅!

벽이 비명을 지으며 꺾였다. 벽이 부서지는 소리가 마치 외마디 비명처럼 괴롭다. 크롬이 이마를 찌푸렸다.

"내 남은 힘이라면 비행이야 가능하다, 그러나 저 높이까지는 불가능해. 거기다 한 명 태우는 게 고작이다."

샨이 말했다.

"날 태워."

네반 경이 소리 질렀다.

"헛소리 마십시오!"

샨이 대답했다.

"흑마법사를 찾았어. 저 위쪽이야."

샨이 지붕 위를 가리켰지만, 인간의 눈으로 그게 보일 리가 없었다.

크롬이 플라멜과 동화를 하려다 말고 물었다.

"용의 눈인가?"

샨이 고개를 끄덕였다.

네반 경이 고개를 세차게 저었다.

"안 됩니다. 만약 그렇게 되면 도련님은 용도 없이 혼자 남게 됩니다."

샨이 고개를 저었다.

"카이는 부상이 너무 심해. 나는 건 무리야. 크롬, 너밖에 없어!"

네반 경이 대답했다.

"차라리 주군께서 용을 타고 가십시오."

샨이 대답했다.

"저기까지는 닿지 못한다며!"

"그러면 샨 님이야말로 뭔가 방법이 있으십니까?"

"있어."

"자신 있으십니까?"

"아니."

쿠웅!

벽에 구멍이 뚫렸다. 지젤이 방긋 웃으며 나타났다.

"야호! 결국 또 만났네?"

기사들의 검기가 날아왔다. 크롬이 목을 옆으로 비틀어 검기를 피했다. 그러나 그의 머리카락이 잘려 나갔다.

"아이 씨 @#!!"

크롬은 차마 입에 담을 수 없는 욕설을 내뱉었다. 지젤이 방긋 웃었다.

"시원하니 좋잖아, 왜 그래?"

크롬이 그녀를 향해 노려보았다.

"너, 내가 죽인다."

그는 다친 몸으로 샨을 들쳐 매더니 플라멜의 등에 태웠다. 적이 달려들었다. 크롬이 소리 질렀다.

"어서 가!"

고삐를 흔들자 플라멜이 날개를 폈다. 화살이 날아온다. 크롬은 젖 먹던 힘까지 다해서 화염의 벽을 만들었다.

벽을 뚫고 지젤이 넘어왔다. 그녀는 거대한 헬버드를 휘둘러 거침없이 크롬을 향해 후려쳤다. 크롬은 기다렸다는 듯 검을 들었다.

카아앙!

그러나 같은 힘이라면 더 무거운 쪽이 압도적으로 유리하다. 크롬의 몸이 헬버드에 밀려 뒤로 주르륵 밀려났다.

"가, 어서!"

망설이던 플라멜은 주인의 명령에 따라 날갯짓을 했다. 플라멜의 몸이 솟구쳤다. 샨은 허리춤에 걸린 알테리온 소드를 뽑아들었다. 검이 샨의 살갗을 뜨겁게 불태웠다. 그러나 샨은 고통을 잊은 채 망막에 마력을 모았다. 모든 사물이 빛을 내며 선을 그린다. 플라멜은 힘이 빠졌는지 날갯짓을 멈춘다. 샨은 건물 아래로 금색 선을 발견한다. 그리고 그대로 검을 휘둘렀다. 그리고 플라멜이 샨을 태운 채 추락했다.

투웅!

둘의 맥없는 추락에 크롬과 네반 경이 허탈한 표정을 지었다.

아르고가 샨을 향해 달려가려했다. 그런데 놀라운 일이 벌어졌다.

건물에 균열이 갔다.

마치 지진이라도 맞은 것처럼 건물이 갈라지기 시작했다. 지붕이 무너지자 흑마법사의 집중력이 일시적으로 끊겼다. 고수들의 싸움은 찰나에 끝난다. 아르고는 놈을 향해 창을 집어 던졌다. 흑마법사가 급하게 수인을 맺었다.

"보, 본 월!"

그러나 보호 마법이 만들어지는 것보다 창이 그를 꿰뚫는 게 더 빨랐다.

흑마법사의 허리가 활처럼 휘었다.

어둡던 하늘이 무너져 내리기 시작했다. 주술사가 죽었기에 결계는 무너지고 있었다. 아르고는 무너지는 건물 아래에서 샨을 힘껏 껴안았다.

아르고의 등 위로 건물이 쏟아져 내렸다. 아르고는 눈물 맺힌 목소리로 동생에게 말했다.

"너는 살아라."

그게 아르고가 내뱉은 마지막 말이었다.

Chapter 4

형은 악마야

1.

어머니는 대륙 최고의 미인이셨다.

성 밖으로 나가 흑단처럼 긴 머리카락을 나부끼면 모든 남정네들이 심장을 쥐어짰단다. 그만큼 아름다우셨다고 한다. 북해 쪽에 있는 작은 왕국의 막내 공주였다는데 뛰어난 미모는 제국을 뒤흔들 정도였단다.

마이어하트부터 바스커빌 가문까지, 유수한 명문가들이 그녀에게 청혼했단다. 나중에는 황제께서 직접 황후로 맞겠다고까지 하셨다. 황비나 후궁이 아니라 황후였다.

파격적인 조건이었다.

샨을 보면 어머니가 얼마나 아름다웠는지 조금은 짐작

할 수 있을 것 같았다.

거절했다가는 외교적인 문제가 될 수도 있다. 그런데 어머니는 평민들이나 쓰는 옷감에다 황제를 상징하는 용을 수놓고 그것에 시를 써서 황제께 바쳤다.

접시 물로 어찌 용을 품으리까.

황후가 되기에는 자신의 그릇이 작다는 걸 뜻했다. 거친 옷감에 새긴 용은 황후의 자리는 자신과 어울리지 않다는 걸 말해 주고 있었다.

황제는 결국 어머니를 황후로 삼는 걸 포기했다. 다만 그 자수를 베게로 만들어 매일 밤 베고 잔다는 이야기가 전해진다.

아버지는 그 베게 나도 만들어 줬다고 내 건 비단에 까만 나비라고, 황제한테 보낸 것보다 더 크고 더 화려하다고 우쭐댄다. 그리고 아버지는 그 베개를 다리 사이에 끼고 잔다.

내 아버지지만 참 추잡하다.

그 꼴을 볼 때마다 나라에 목숨을 바치고 황제께 충성하라고 가르쳤던 그 아버지는 어디 갔나 싶다.

생각해 보면 아버지가 그런 어머니를 꼬신 건 기적에 가깝다. 대체 어머니는 아버지의 어떤 점을 보고 반했는지 다시 생각해 봐도 미스터리다.

힘세고 몸 튼튼한 거 말고는 내세울 것 없는 집안인데도 어머니는 행복했던 모양이다. 어머니에 대한 기억이 가장 많이 남아 있던 큰형은 어머니 기일에 제사를 지낼 때마다 엄마는 언제나 웃고 계셨다고, 세상에서 가장 행복한 미소를 짓고 계셨다고 말했다.

어머니를 생각할 때마다 그 나이나 먹었으면서 엉엉 목놓아 울었다.

아르고의 기억 속에서도 어머니는 웃고 계셨다. 화내면 악마만큼이나 무서웠지만, 웃는 얼굴만큼은 누구보다 고왔다.

언제나 안아 주셨다. 늘 머리를 쓰다듬어 주셨다.

어머니가 돌아가셨을 때 샨을 평생 지켜 주겠노라 맹세했지만 내심 샨을 원망했다. 만약 샨이 없었다면, 태어나지 않았다면 어머니는 건강하게 그때처럼 살아 계셨으리라.

집을 나간 것도 아버지와 싸워서라고 말했지만, 사실은 아니다. 줄곧 샨을 원망해 왔다. 당시에는 샨을 보면 정말 죽여 버릴 것만 같아서 엄마를 돌려내라고 멱살이라도 잡을 것 같아서 참을 수가 없었다.

옳지 않은 건 알고 있다. 어머니가 샨을 사랑했기에 그런 반대도 뿌리치고 낳았다는 것도 알고 있다. 머리는 알고 있었지만 가슴은 용서할 수가 없었다.

그걸 어린 나이에 느낀 건지 샨은 아르고에게 존댓말을 썼다.

어른이 돼서 샨을 완전히 용서하기까지 많은 시간이 흘렀다. 샨이 몹시 아파서 목숨이 얼마 안 남았다는 소식을 들어도 집에 돌아오는 법이 없었다. 그랬기에 이제는 샨에게 더욱 잘해 줬다. 큰형이나 작은 형이 샨을 사랑하는 것과는 다르다. 죄책감이 들었기에 더욱 그랬다.

한때나마 진심으로 샨이 죽기를 바랐다.

어머니는 그런 나를 용서해 주실까.

동생을 위해 목숨을 걸었으니 이제는 용서해 주실까.

그런 어머니가 지금 눈앞에 있다.

어머니의 발아래로 강이 흘렀다.

죽은 건가, 죽은 거였나.

어머니가 머리를 쓰다듬었다.

아르고는 눈에서 눈물이 왈칵 쏟아졌다.

샨은 형의 머리칼을 쓰다듬었다. 나흘째 혼수상태다. 이대로 깨어나지 않으면 위험해질 거라고 했다.

"형, 미안해."

결계가 깨지자 소란을 듣고 영주의 민병대가 쳐들어왔다. 지젤은 바스커빌가의 기사들을 이끌고 돌아갔다. 마피아 역시 돌아갔다. 물론 형에 대해 협박을 하는 것도 잊지 않았다. 아마 머지않은 시일 내에 놈들의 분노가 닥칠 거다.

네반 경이 형을 업고 누베스 상단으로 돌아갔다. 아무리 샨 때문에 막은 일이라고 해도 목숨을 빚졌다. 그런 네반 경에게 따지고 보면 저놈 때문인데 뭘 그리 극진하냐고 비아냥거렸다.

신관님은 샨에게 마음에 준비를 해두라고 했다. 의원과 신관 둘 다 모두 불러서 사정해 봤지만, 이제는 하늘에 달린 일이라고 본인의 체력에 맡기는 수밖에 없다고 했다.

크롬은 그 후로 매일 같이 누베스 상단에 와 샨을 만나고 갔다.

이제 누베스 상단를 공격하는 건 멈췄지만, 사장이 깨어나지 않는데 직원들이라고 뾰족한 방도가 있는 건 아니었다.

샨이 할 수 있는 거라고는 형을 간호하는 것뿐. 그저 정성을 다해 간호하는 것뿐이었다.

오늘은 에론 형에게 편지가 도착했다. 아버지가 걱정을 많이 하고 있다고 조만간 들린단다. 그리고 그렇게 튼튼한 녀석인데 그런 일로 죽을 것 같으냐고 농담도 잊지 않았다.

"정말 그랬으면 좋으련만."

샨은 젖은 물수건으로 형의 몸을 구석구석 닦아 주었다.

며칠째 제대로 먹지도 자지도 못했다. 저러다 쓰러질 것 같아 직원들을 몹시도 샨을 걱정했다.

그렇게 닷새째.

깊은 밤, 아르고는 천천히 눈을 떴다. 눈꺼풀 안쪽에는 눈물이 젖어 있었다.

"형……."

샨의 목소리에 아르고는 손을 뻗었다. 그러고는 막내의 손을 단단하게 쥐었다.

형이 새된 목소리로 물었다.

"다친 덴 없니?"

"미안해."

샨은 결국 울음을 터뜨렸다. 아르고를 붙잡으며 결국 참아 왔던 울음을 내뱉었다.

"형…… 미안해. 정말 미안해. 형……."

"그래. 너만 괜찮으면 됐다."

어머니는 돌아가셨다. 죽은 사람은 돌아오지 않는다. 그러나 샨의 까만 눈 속에, 유독 뼈마디 가는 손에도 어머니는 남아 계셨다. 그 속에서 줄곧 자신을 지켜 주고 있었음을 아르고는 깨달았다.

동생의 눈만 바라봐도 구원받는 기분이 들어 아르고는 샨의 머리카락을 쓰다듬었다. 그러고는 다시 곤히 잠이 들었다.

2.

형이 회복했다는 편지를 받고 그거 보라며, 생명력 하난 바퀴벌레급이라고 답장이 왔다.

샨은 올 필요 없다고 곧 그리로 올라가겠다고 편지를 썼다. 물론 아버지와 같이 있고 싶지 않다는 아르고 형의 강력한 협박 때문이었다.

정말 사이 나쁜 부자지간이다.

크롬의 마이어하트가는 라카페에서 사업을 철수하고 대신 누베스 상단에 투자를 하기로 했다. 대신 누베스 상단에서 얻은 이득의 일부는 마이어하트가에서 가져가고 경영에 일부 동참하게 되었다.

계약서를 작성하며 크롬이 짜증스럽게 대답했다.

"착각하지 마. 이득이 되니까 해 주는 것뿐이니까."

샨이 방긋 웃었다.

"응!"

누베스 상단에도 마이어하트 가문에도 둘 다 큰 이득을 볼 수 있을 거라고, 마그넬 형이 말했다.

정말 그랬으면 좋겠다고 샨은 간절히 기도했다.

크롬과 정식으로 사업 회동을 갖는 날, 상단 안은 무척이나 바빴다. 샨이 차수레를 밀고 회의실에 들어갔다. 마침 두 사람은 정겨운(?) 인사를 나누고 있었다.

"하하, 결국 계약을 체결하게 됐는데요. 징그러운 얼굴을 또 보게 돼서 유감입니다."

"어이쿠, 내 사랑스런 동생의 버러지 같은 친구 아닌가. 버러지라 그런지 회복력도 빠르구만."

이제는 한 배를 탄 사이인데도 냉기는 그칠 줄 모른다.

샨은 어떻게든 분위기를 좋게 하려고 환하게 웃어 보였다.

"머리 짧게 다듬었네? 밝아 보인다."

"머리카락 한 올에도 매일 30가지 공정을 거치는 소중한 머리채가 징글징글한 누구 때문에 잘려 나갔지."

"어이고, 그러셨어요? 어쩐지 계집애 같더니만."

형의 비아냥에 크롬의 이마에 힘줄이 돋는다. 어째 싸움이 더 커질 것 같다. 샨은 다급하게 찻잔을 꺼냈다.

"차, 차 마실래? 마, 맛있게 끓여 줄게."

크롬이 무심결에 샨의 손을 잡았다.

"아, 나는 얼그레이."

"더러운 손으로 어디 남의 동생을 만져!"

"학교 친구니까 만집니다."

그러자 아르고 형이 샨의 어깨를 붙잡아 크롬과 떼어 놓았다.

"훠이, 왕자병 옮을라."

"……."

크롬의 이마에 큼지막한 힘줄이 돋아났다. 1급 비상사태, 샨은 비명이라도 지르며 도망치고 싶었다. 그러나 안 된다. 일촉즉발의 상황이라도 웃음을 잃지 말아야 하는 게 이번 역할.

부디 두 사람의 밝은 미래를 위해 희생해야 한다.

샨은 두 사람의 차를 탔다. 그리고 형에게 찻잔을 건네려는 순간 크롬이 말했다.

"나부터 줘야지? 내가 손님인데."

그래서 크롬에게 차를 건네려 하자 형이 말했다.

"아니 찬물도 위아래가 있는데, 형부터 줘야지!"

둘의 눈빛이 타오르고 있었다. 여기서 잘못 줬다가는 불벼락을 맞는 건 바로 샨이었다.

샨은 하늘을 올려다보았다.

업보였다. 이건 업보였다.

전생에 무슨 큰 죄가 있어서 현생에 이 고생을 하나보다. 샤은 분명히 크롬에게 전생에 큰 죄를 저서 그런 걸 거라고, 분명히 전생에 그놈을 도축하고 집에 불이라도 지른 모양이라고, 생각했다. 현세에서 이 악연을 씻으려면 참는 수밖에 없다.

샤은 그렇게 결론을 내렸다.

초연한 표정으로 찻잔을 하나씩 들었다. 그러고는 형과 크롬을 향해 테이블에 동시에 찻잔 두 개를 내려놓았다.

탕!

단 한 치의 오차도 없었다. 샤이 차갑게 뇌까렸다.

"많이 드세요."

둘은 그런 샤의 눈치를 보더니 조용히 차만 홀짝였다.

3.

율케스는 눈을 감고 심호흡을 했다.

가부좌를 틀고 아랫배로 숨을 들이쉬는 방식은 여전히 생소했다. 그러나 샤의 둘째 형이자, 검술 스승인 에론은 그게 좋다고 했다.

에론에게 가장 먼저 배운 게, 척추의 움직임을 파악하는 일이었다. 평소 전혀 신경 쓰지 않았던 골격의 움직임, 비틀림, 그리고 두개골의 이완과 수축을 느끼는 것.

두개골이 조금씩 움직인다는 사실도 처음 알았다. 어린아이 때는 열려 있다는 정수리뼈 부근이 어른이 된 지금은 닫혀 있다. 그걸 수련을 통해 조금씩 움직일 수 있게 되었다.

그다음 에론이 요구했던 건 근육이다. 뼈를 움직이고 지탱하는 건 결국 근육이다. 근육이 수축과 이완을 반복하는 걸 느껴야 한다. 숨을 쉴 때마다 가슴 근육의 움직임을 좇아야 했고, 잠을 잘 때마다 어떤 근육이 삐걱거리는지 파악해야 한다.

마지막으로 깨우친 건, 내장과 심장의 움직임.

율케스는 물었다.

"나중에는 마음만 먹으면 자신의 심장도 멎게 할 수 있다는 겁니까?"

"가능하죠. 필요에 따라 몇 배속으로 뛰게 할 수도 있을 겁니다. 대신 좀 위험합니다. 인간의 심장이 견딜 수 있는 한계가 있거든요."

율케스는 인간이 아니다. 라온 교수님이 준 약으로 피

를 억누르고 있지만 그의 신체 능력은 인간의 범주를 벗어났다. 결국 나중에는 들통 나게 되지만, 그 당시 율케스는 그가 뱀파이어라는 사실을 숨기기 위해 무던히 노력했다.

"율케스 군은 살의가 너무 많아요. 무통증으로 태어난 사람들이 천성적으로 사이코패스가 될 확률이 높다는 통계는 알고 있습니다만 극복할 수는 없는 겁니까?"

율케스가 물었다.

"고통이 없다면 더 잘 싸울 수 있는 거 아닙니까?"

그 말에 에론은 한참 생각에 잠기더니 다음 날 주먹만 한 달걀을 건넸다.

"점심입니까?"

"먹지 마십시오!"

에론이 버럭 화를 냈다. 이 사람, 참 알기 어렵다.

율케스는 머리를 긁적였다.

"그러면……."

"지금부터 율케스 군은 일주일 동안 이 달걀을 지켜야 합니다."

"네? 혹시 삶은 달걀입니까?"

"아니요. 날달걀이요. 툭 건드리면 톡 깨지는 생달걀이요."

"……."

"수련의 일환입니다. 일단 이 달걀에 이름을 붙여 주세요."

"이름……말입니까?"

"네, 주변에 친하면서 허약한 친구가 있다면 그 이름을 붙이면 더 좋겠네요. 일단 지키고 싶은 마음이 드는 이름으로."

율케스는 생각에 잠겼다. 친하다는 말에 잠시 티스의 능글거리는 얼굴이 떠올랐지만 1그램도 지키고 싶다는 마음이 안 든다.

어차피 그에게 친구는 딱 둘뿐이다. 거기다가 한 친구는 연약하기까지 하다.

"샨……으로 하죠."

에론의 눈에서 빔이 나올 것만 같았다.

"샨이라고요? 샨이라고요? 곧 깨질지도 모르는 계란 이름에 어떻게 우리 막내 이름을 붙이는 겁니까!"

율케스가 대답했다.

"그러면 음…… 뽀……뽀삐?"

에론은 나무를 붙잡고 한숨을 쉬었다. 샨의 친구 친고는 우직하고 강한 점이 마음에 들었지만, 정말 창의성 제로다.

그는 하늘을 한 번 보더니 마치 친자식 사형 선고라도

내리는 떨리는 목소리로 말했다.

"샨……으로 갑시다."

"네."

"깨면 죽여 버릴 겁니다."

"아, 네."

에론은 계란을 받아들고는 잉크로 눈, 코, 입을 그렸다.

"이 '샨'을 일주일 동안 지키면 통과입니다. 이걸 지닌 채 수련을 해야 하고요. 저와 대련 역시 해야 합니다."

율케스가 물었다.

"왜 이런 수련을 해야 하는 겁니까?"

에론이 대답했다.

"그건 하다 보면 알 겁니다."

그리고 '샨'은 한 시간 후, 뒷주머니에 넣고 까먹은 채 의자에 앉는 바람에 어이없이 이승을 하직했다.

삼 일이 지났다.

율케스는 여전히 '샨'을 깼고, 부쉈으며, 가끔 태워 먹기도 했고, 심지어는 잃어버리기까지 했다.

에론이 짜증을 눌러 참으며 뇌까렸다.

"내 동생 좀 그만 죽이십시오. 이 피도 눈물도 없는 자식아."

"죄송합니다."

"이게 몇 번째입니까? 애가 불쌍하지도 않습니까!"

이렇게 히스테리가 폭발하면 그냥 기다리는 수밖에 없다.

이래서야 진척이 없다. 이 달걀이 진짜 샨이 아니라는 것쯤은 에론도 알고 율케스도 안다. 그러니까 저렇게 막 대할 수 있는 거다.

"진짜 샨처럼 생각하라고요. 진짜 샨처럼!"

"달걀이 어떻게 사람이 됩니까?"

"어휴!"

저놈은 목석이다. 분명히 제 어미가 화강암을 깎아다가 이놈을 만들었을 거다. 에론은 머리를 벅벅 긁으며 생각에 빠졌다. 이래서야 이 시험의 의미가 없다.

그때 누군가가 나무 위에서 툭 떨어졌다.

"내가 도울 수 있을까?"

에론은 반사적으로 검을 뽑아 뒤를 향해 내리쳤다. 눈으로는 쫓을 수 없는 속검, 의지가 도착하기 전에 몸이 먼저 움직이는 경지.

무상검(無想劍).

검객이 뒤를 잡힌다는 건 죽음을 의미한다. 그렇기에 검에 감정이 실려서는 안 된다. 피아를 구분할 겨를도 없으니까.

이 범위에서 에론의 속검에 걸리면 설령 아르고라도 팔 하나는 내줘야 한다. 그러나 뒤에서 나타난 자는 단검을 뽑아 핑그르르 돌렸다. 그리고 위에서 아래로 거침없이 찍어 내린다.

카아앙!

에론의 검이 깨끗하게 절단 났다. 아무리 검기를 넣지 않았다고 해도 이 거리에서 반격하는 건 인간의 동체 시력으로 한없이 불가능하다.

에론이 뒤를 돌아보았다. 붉은색 야수의 눈동자가 그를 보고 있었다.

금발 머리칼이 허리춤까지 내려간 청년이 씨익 미소를 짓고 있었다.

율케스가 말했다.

"실력이 많이 늘었군."

"아아, 지독하기 수련시키더라. 저승사자 얼굴을 몇 번이나 봤는지 모른다."

에론은 티스를 살폈다. 분명히 2주 정도 샨의 아버지와 큰형 리오와 함께 중앙 산맥에서 지옥훈련을 하고 온다고 들었다. 그런데 열흘 만에 돌아왔다. 그것도 사지 멀쩡하게 돌아왔다.

에론이 눈을 가늘게 떴다.

"제대로 수련은 하고 온 겁니까?"

티스가 어깨를 으쓱했다.

"글쎄요. 무사히 돌아왔다는 걸로 기뻐해 주시면 안 될까요?"

이 거리에서 에론 같은 일류 검사에게 기척도 들키지 않고 접근하는 건 보통 솜씨로는 힘들다. 그러나 티스는 대답을 피하고 유들유들하게 질문을 넘겼다.

"그나저나 지금 달걀 가지고 옥신각신하던데 제가 좀 도와줄 수 있을 것 같아서요."

"음?"

"줘 봐요."

그는 달걀을 받아서 표면에 그림을 그리기 시작했다. 음영까지 넣고, 원근법에 투시도까지 살려서 넣었다. 10분 정도 있다가 그가 꺼내서 보여준 건 영락없는 샨의 얼굴이었다.

율케스가 눈을 크게 떴다.

"엄청나군. 이건 정말 샨인데?"

에론이 소리 질렀다.

"이건 닮은 정도가 아니라 영락없는 샨의 잘린 머리통이잖습니까!"

"아, 좀 과했나?"

"섬뜩하니까 치우세요!"

"쳇."

티스는 소매로 달걀 표면을 벅벅 닦아서 지우고는 다시 그렸다. 이제는 적당히 샨과 닮은 달걀 정도로 칠만 했다.

"어때?"

율케스가 대답했다.

"그러니까 이 샨의 초상화가 그려진 이 달걀을 지키라는 건가?"

"초상화에는 힘이 있다잖아. 저주할 때도 초상화 태우고 화살 쏘고 그러잖아."

율케스가 턱을 문질렀다.

"그러니까 이 달걀이 깨지면 샨에게도 악영향이 있을 거다? 그렇게 이해하면 되는 건가?"

"뭐, 미신이라면 미신이지만 그래도 깨지면 찝찝하잖아."

그는 달걀을 받아들고는 턱을 문질렀다. 한참을 생각에 잠기더니 이윽고 고개를 끄덕였다.

"알았다. 네 주장은 사리에 맞다."

"허허허, 그럼 잘해 보라고 친구. 난 떠나겠네. 이제 슬슬 위험하거든."

"위험?"

티스는 말 끝나기도 전에 다시 나무 위로 올라갔다. 그러고는 엘프처럼 다른 나무로 훌쩍 달려갔다. 나뭇잎 부딪치는 소리도 들리지 않았다. 이 나무에서 저 나무로 그는 완전히 기척을 감췄다.

이윽고 큰형이 굶주린 호랑이처럼 달려왔다.

"동생아아!"

에론이 돌아보았다.

"네, 형."

"티스…… 헉헉…… 그 망할 자식 못 봤냐?"

"북쪽을 기준으로 시침 방향 세 시 이십오 분 쪽으로 이동했습니다만?"

나침반도 없이 정확하게 북쪽을 잡은 에론도 에론이지만 그 말을 듣자마자 세 시 이십오 분 방향으로 달리는 큰형도 가관이었다.

"아오, 또 튀었어! 망할 자식, 잡히면 사지를 절단내 버릴테다아앗!"

큰형의 포효에 저 멀리 웃음소리가 들렸다.

"므헤헤헤헤, 나 잡아봐라!"

큰형은 이를 빠드득 갈았다. 그의 몸에서 살기가 폭발했다.

"죽여 버린다."

진짜로 죽일 작정이다. 큰형은 믿을 수 없는 속도로 달려갔다. 에론은 사라지는 그의 등판을 한참 바라보다가 율케스에게 말했다.

"친구분은 학교에서 어떤 수업을 했었습니까?"

율케스는 담담하게 대답했다.

"수업이랄 게 없었습니다. 늘 땡땡이치기 바빴거든요."

"그랬……군요."

그렇다고 해도 아버지와 리오 형을 상대로 땡땡이치는 건 보통이라면 불가능하다. 에론은 놀고 싶다는 집념 하나로도 사람의 잠재의식이 열릴 수도 있다는 걸 깨달았다.

에론은 손가락을 쥐었다 폈다 반복했다. 티스가 검을 끊었을 때 감촉이 아직도 손바닥에 남아 있었다. 소드 마스터나 포스 마스터가 된 건 아니다. 소드 마스터끼리 그런 방향에서 칼날이 부딪쳤다면 칼째로 날아가는 것이 맞다. 그러나 검이 끊어졌다? 상식적으로 있어서는 안 되는 일이다.

"재미있는 걸 익힌 모양이군요."

다음번에는 검기를 담아 썰어 봐야겠다.

과연 그 녀석은 어떻게 막을 것인가.

생각만 해도 흥미진진하다.

에론은 실험 대상이 생겨 기뻤다.

4.

일주일이 지났다. 율케스의 수련도 무사히 끝나가는 모양이다. 처음 두 번 정도 더 깨고 나서 감을 잡았는지, 에론과의 대련에서도 단 한 번도 깨뜨리지 않았다.

검사에게는 두려움이 없어서는 안 된다.

검에 두려움이 없고 흥미만 남는다면 검 끝이 둔해진다. 이런 녀석들은 일찍 죽게 된다.

마지막 날, 율케스는 그가 가르치려는 게 뭔지 깨달았다.

일안이족삼담사력(一眼二足三膽四力).

눈으로 상대를 관찰하고 빠른 발놀림으로 담력 있게 들어가 힘으로 제압한다.

동대륙에서 사용하는 용어지만, 서대륙 쪽에서도 같은 걸 가르친다. 모든 검술의 기초이며 율케스 역시 누구보다 자신 있었다.

인간을 뛰어넘는 동체 시력으로 상대의 허점을 발견하고 빠른 발놀림으로 적의 범위 안에 들어가 검을 내려 그었다.

고통을 느끼지 않으니 당연히 두려움 없이 적의 간격으로 뛰어들 수 있었다. 그러나 에론은 이 '담력'을 거짓이라 말하고 있었다.

마지막 날달걀을 돌려받으며 에론이 말했다.

"진정한 용기는 두려움 속에서 내딛는 발이지요. 아무런 느낌 없이 내딛는 발은 그저 무지의 소치일 뿐, 전장에서 가장 먼저 죽는 자는 그런 자들이죠."

일주일 내내 조그마한 달걀을 몸에 품으며 얼마나 조심했는지 모른다. 에론과의 대련 속에서도 온통 달걀에만 신경 썼다.

"고통을 느끼지 못하는 몸이니, 죽는 게 얼마나 무서운지 가르쳐 본들 소용이 없을 거고. 결국 이런 방법을 택하게 되었습니다. 소중한 것을 잃는 건 죽음보다 두려운 일이니까요."

"……."

"발걸음에 망설임이 생겨서 기쁩니다. 이제 이 망설임을 잊는 일만 남았겠죠."

그는 율케스에게 '샨' 달걀을 보여 주었다. 그러고는 엄지에 힘을 줬다. 율케스가 에론을 향해 검을 뽑았다. 그러나 달걀이 팍 터지며 노른자를 뱉어냈다.

샨은 죽었다.

적어도 이 수련에서의 '샨'은 죽은 셈이다.

불만으로 가득 찬 눈으로 율케스가 쏘아보았다.

에론이 미소를 지었다.

"부디 지금 감정 잊지 마시길."

에론은 율케스를 찬찬히 뜯어보았다. 이걸로 대충 완성이 되었다. 그가 방긋 웃었다.

"그러면 마지막으로 시험을 해 볼까요?"

"무슨 시험입니까?"

"자이언트 앤트……라고 아시나요?"

"설마 한 마리가 사람 몸집보다 크다는 그…… 자이언트 앤트를 말씀하시는 겁니까?"

네임드는 오로지 한 마리의 마수에게만 붙인다. 예전에도 존재하지 않고, 앞으로도 존재하지 않을 그런 강력한 마수. 그러나 자이언트 앤트에게만은 예외다. 이놈들은 개미집 자체를 하나의 네임드로 취급한다.

움직이는 자연재해이며, 만약 도시 부근에 출몰하면 기사가 아닌 군대가 나선다. 군대는 자이언트 앤트를 섬멸하는 게 목적이 아닌, 오로지 시민들의 대피 시간을 버는 데 주력한다.

놈들의 앞니는 강철도 부수며, 자신의 몸무게를 열 배가 넘는 적도 너끈하게 들 수 있다. 단 한 마리의 자이언트 앤트라도 남으면 그 한 마리가 여왕개미로 돌변, 새로운 둥지를 짓는다.

전멸은 한없이 불가능하다.

에론은 방긋 웃었다.

"지금이 딱 활동 철이거든요. 여왕개미의 내단이 그렇게 좋다던데 잡아올래요?"

"진심입니까?"

"당연하죠."

자살행위다. 아무리 율케스가 강해졌다고 한들 지진, 화산, 태풍 같은 자연재해를 상대로 싸울 수는 없다. 자이언트 엔트들은 이런 자연재해다. 그들의 여왕개미를 잡아오라는 건 아무리 봐도 미친 짓에 가깝다.

에론이 대답했다.

"아아, 저도 양심 없는 놈 아닙니다. 지금은 결혼 비행철이라 많은 개미들이 밖으로 나와 있을 겁니다. 그때 잡으시면 될 거예요."

말은 쉽다.

율케스가 뚱한 표정으로 대답이 없자 에론이 머리를 긁적였다.

"혼자 보내는 짓은 안 합니다. 아마 티스 군이 먼저 기다리고 있을 거예요."

혼자나 둘이나.

팔다리 성하게 다녀오면 기적이다. 그러나 그게 시험이라는 건, 할 수 있다는 걸 뜻한다.

율케스는 고개를 끄덕였다.

“하겠습니다.”

“좋아요. 그러면 일주일 정도 저와 함께 마무리 수련에 들어가도록 하죠.”

5.

최종 수련까지 끝난 다음 날, 율케스는 티스를 찾아갔다.

개미굴이 보이는 야트막한 언덕 위에서 티스는 흡사 소풍이라도 온 사람처럼 누워 있었다.

“먹을래? 샌드위치 맛있다.”

정정하겠다. ‘소풍 온 것처럼’이 아니라 소풍 온 게 맞다. 친우의 저런 태도가 워낙 익숙한 율케스인지라 아무 말 없이 옆에 앉아 샌드위치를 집어 들었다. 갓 구운 빵 위에 고소한 버터를 바르고 물기를 뺀 토마토와 양상추, 그리고 햄과 새우가 입안에서 탱글탱글했다. 거기다가 뭔가 자신만의 향료를 넣은 모양인지 독특한 풍미까지 담겨 있었다.

이 녀석 미래의 신부는 참 복 받을 거다.

아니면 남편보다 요리 실력이 떨어진다는 걸 깨닫고 엄청나게 좌절할지도 모르고.

"감자 크로켓도 먹어. 이게 내 비장의 작품이다."

율케스는 크로켓을 받아 입에 물었다. 겉은 바삭하고 속은 촉촉했다. 안에는 피자용 치즈를 넣었는지 먹을 때마다 치즈가 길게 늘어났다.

"음, 카레 맛이 나는데?"

"후후후, 카레 가루를 섞었지."

율케스는 잠시 이 친구가 왜 황자로 태어났는지 고민했다.

이놈은 신이 내린 요리사다.

황자라는 딱지만 붙지 않았다면 수도에 근사한 레스토랑이나 차려서 여자 꾀어 요리나 해 주는 걸 낙으로 살았으련만.

티스가 물었다.

"어쩔 거야?"

율케스가 담담하게 대답했다.

"해야지."

"죽을지도 몰라. 그런데 하겠다고?"

"……."

율케스는 대답하지 않고 크로켓을 한 입, 두 입 연거푸 베어먹었다. 말리면 혼자라도 갈 녀석이다. 티스는 율케스의 어깨에 머리를 기댔다.

"인마, 너는 제명에 살긴 글렀다."

"알아."

티스는 디저트로 멜론 잘라놓은 것까지 싹 다 비우고 피크닉 가방을 나무 그루터기 아래에 내려놓았다.

"다음에는 동대륙식 주먹밥으로 해 줘."

"넣고 싶은 거 있어?"

"연어. 와인이랑 곁들여서."

"주먹밥에 와인이라니 이상한 조합이네."

율케스가 대답했다.

"그게 좋은 거다."

언덕 아래에는 거대 개미들이 줄지어 기어갔다. 뒤쪽에는 투명한 날개를 질질 끌고 오는 수개미들이 보인다. 보통 개미들보다 턱이 뾰족하고 훨씬 날씬하다.

"저게 난다니 끔찍하군."

"그러게."

보통 암개미들이 이륙하면 수개미들이 함께 날아오른

다. 결혼 비행이 끝나고 나면 수개미들은 모두 기력을 다해 죽는다. 암개미들은 수개미들에게 평생분의 정자를 갈무리하고 새로운 둥지를 짓는다. 이렇게 많은 암개미들과 수개미들이 짝짓기를 하는데 개미 둥지의 개체 수는 그다지 늘지 않는다. 그 이유는 짝짓기에 성공해도 고작 백 마리 중 한 마리 꼴로 둥지 짓는 데 성공하기 때문이다.

짝짓기를 갓 마친 여왕개미는 극도로 지친 상태인 데다 영양소가 높다. 턱으로 어찌어찌 개미굴을 판다고 해도 콜로니의 최소 여섯 마리까지 번식하기 전에 천적들에게 잡아먹히기 십상이다. 그렇기에 결혼 비행 때는 수많은 전투개미들이 비행을 지킨다.

티스는 물병을 꺼냈다.

"몸에 발라. 개미들이 싫어하는 향이래."

"이거면 공격 안 할까?"

티스가 이마를 찌푸렸다.

"너는 똥이 더러워서 피하지 무서워서 피하냐? 지들도 급하다는 생각 들면 인정사정 안 볼걸?"

"입구까지만 효과를 보겠군."

"똥을 뒤집어썼대도 침입자는 침입자니까. 살려둘 이유가 없지."

바람이 불었다. 개미들의 더듬이가 일제히 하늘을 찔렀

다. 암개미들의 긴 날개가 바람에 후드드 떨렸다. 마치 웨딩드레스 같다.

결혼 비행이 끝날 때까지 일을 마무리 지어야 한다.

두 사람은 걸음을 서둘렀다.

개미굴 입구에 도착하자 두 사람은 잠시 걸음을 멈췄다.

새카만 어둠이 두 사람을 맞이하고 있었다. 사람이 사는 곳이 아니니 이 아래에 빛이 있을 리가 없었다. 좁고 어두운 유황 굴속에서 살다 보니 자이언트 앤트들은 시각이 퇴화되었다. 그 대신 촉각이 극도로 발달하게 되었는데 발에 미세한 털이 있어서 800미터 밖의 사냥감이 내는 진동을 감지할 수 있다.

티스가 물었다.

"준비됐어?"

율케스가 검 손잡이에 손을 얹었다.

"너야말로, 짐이 되면 버리고 간다."

"매정하네."

두 사람은 누가 먼저랄 것도 없이 동시에 발을 뗐다.

—알테리온 보법 제3식, 윈디 스커드.

퉁!

첫 번째 발은 묵직한 진동이 울렸다. 그러나 두 번째 발은 땅에 닿을 듯 말 듯 내뻗는다. 세 번째 네 번째 역시 마찬가지다. 마치 바람이 질주하듯 인기척이 전혀 느껴지지 않았다.

그렇게 순식간에 두 사람은 굴 안으로 빨려 들어갔다.

6.

"네에? 개미굴에 갔다고요?"

샨은 본가에 도착해 짐을 내려놓자마자 두 사람에 대해 물었다. 그런데 돌아오는 대답이 개미굴에 최후의 시험을 치러 갔다는 거다. 샨이 소리를 버럭 질렀다.

"그, 그건 옛날 성인식 시험이잖아요!"

성인식, 한 명의 전사가 비로소 홀로 설 수 있다는 걸 알려 주는 시험이다. 그런데 매년 사상사가 속출하다 보니 요즘은 다른 거대 몬스터를 잡는 걸로 대체했다. 그만큼 거대 개미들은 위험하다.

카이는 입구 앞에서 서성거렸다. 워낙 몸집이 커지다 보니 집 안으로 들어오는 건 무리다. 샨은 입구까지 가서 카이의 코에 손을 얹었다.

"폴리모프 셀프."

카이의 몸이 원래 아기 용 때와 똑같은 크기로 줄어들었다.

맹약을 맺은 용은 이런 간단한 시동어만으로도 모습이 변한다. 큰형 리오가 신기한 듯이 물었다.

"호오, 그거 마법이냐?"

"크롬이 가르쳐 줬어요. 그나저나 형! 개미굴로 보냈다니요? 요즘은 거기 안 가잖아요!"

"안 가지."

"그걸 고작 한 달 배운 걸로 개미굴로 보내다니요. 위험하잖아요!"

"위험하지."

시큰둥하게 대답하는 큰형을 보고 있자니 소리라도 지르고 싶었다. 샨은 안절부절못하다가 트렁크를 열어 의료 가방을 꺼내 어깨에 멨다. 그리고 소리쳤다.

"가봐야겠어요!"

차남 에론이 샨의 손목을 붙잡았다.

"안 돼. 성인식은 누구도 간섭할 수 없다. 룰은 알고 있겠지?"

"죽을 수도 있다고요!"

에론은 그런 샨의 손목을 빨갛게 손자국이 날 정도로

꽉 붙잡았다. 그러고는 무릎을 꿇어 샨의 눈높이에 맞췄다. 에론의 안경알이 투명하게 빛났다.

"두 사람을 믿나?"

"네……."

"그렇다면 방해하지 마. 이 형들을 믿고, 두 친구를 믿어. 그렇게 약한 녀석들이 아니잖아. 마지막 시험에서까지 네가 도와준다면 그 녀석들이 자랑스럽게 생각할까?"

샨은 생각에 잠겼다. 이윽고 젖은 눈망울로 고개를 저었다.

"아니요……."

"그래. 잘 아는구나. 이번만큼은 기다려 보자꾸나. 알았지?"

뭐라고 반박이라도 하려는지 샨의 입꼬리가 꿈틀거렸다. 그러나 에론 형의 논리에는 허점이 없었다. 성인식은 홀로 해야 한다. 시험을 받는 사람 외에 다른 자가 간섭하는 건 무인에게는 평생의 수치가 된다.

샨이 되물었다.

"정말…… 괜찮을까요?"

에론 형이 고개를 끄덕였다.

"날 믿어. 그리고 아버지를 믿고 리오 형을 믿어라. 우리가 허투루 사람을 죽일 놈들이니?"

샨은 고개를 저었다. 에론의 입가에 자애로운 미소가 걸렸다. 사람의 마음을 따뜻하게 해 주는, 사람의 마음을 꽉 지탱해 주는 그런 미소였다. 그러나 샨은 모르고 있었다.

에론은 과거 8만 대군을 미끼로 써서 성 세 채를 먹으려고 할 때도 저런 자애로운 미소를 짓곤 했었다. 물론 미끼로 쓴 8만 대군 중에서 살아남은 사람은 1만도 채 되지 않았다.

성 세 채를 꿀꺽했으니 산술상으로는 남는 장사지만 피도 눈물도 없는 새끼라는 낙인이 찍혔다. 물론, 에론은 그 후에도 가끔 그런 자애로운 미소로 아무렇지도 않게 병사들을 사지로 쳐 넣곤 했다.

그걸 알 리 없는 샨은 그저 형의 따뜻한 미소에 조금 감동했다.

"혀엉!"

샨은 에론 형의 목을 끌어안고는 어깨에 얼굴을 파묻었다. 건드리면 바닐라 맛이 날 것 같은 달콤한 얼굴을 하고서도 평생 애교라곤 손톱만도 없는 동생이다 보니 에론은 무한한 감동을 하고 있었다.

"우리도 오죽 걱정되겠니? 믿자꾸나."

"응, 형. 내가…… 내가 생각이 짧았어."

"그래그래."

에론은 샨의 등을 토닥였다.

그리고 다른 한쪽 손으로는 리오를 향해 승리의 브이 사인을 펴 보이고 있었다.

7.

"아아, 샨 보고 싶다아."

티스는 손을 깍지 끼고 목 뒤로 느긋하게 넘겼다. 그러나 그의 주변에는 벌써 몇백 마리나 되는 자이언트 앤트들이 통로를 막고 있었다. 놈들이 턱 부딪치는 소리가 소나기처럼 쉴 새 없이 따닥였다.

율케스는 힐트에 손을 얹었다.

"살아서 돌아가고 싶다는 놈이 여기에 와 있냐?"

티스가 한쪽 눈을 찡긋했다.

"어쩌겠어? 여왕개미를 잡아오라는데."

율케스가 검을 뽑으려 하자 티스는 그의 어깨에 팔을 걸쳤다.

"힘을 아껴둬. 여왕개미는 네가 잡아야 하니까. 이번에는 내가 나설게."

티스는 소매를 늘어뜨리고 앞으로 나섰다. 어떻게 하려는 건가. 율케스는 검을 도로 검집에 넣고는 팔짱을 끼며 티스를 바라보았다.

개미들이 티스를 향해 쉿쉿거렸다.

티스의 헐렁한 소매가 한 번 펄럭였다. 빛이 수십 갈래로 부서졌다가 멈췄다.

'착시현상인가?'

겉으로 봐서는 아무것도 변한 건 없었다.

티스가 말했다.

"율케스, 거기서 한 발짝도 움직이지 마라."

그러고는 개미들을 향해 발을 구르며 소리를 질렀다. 강한 도발에 개미들이 일제히 티스를 향해 뛰어들었다. 그러나 빛이 지나갔다. 개미의 단단한 두개골이 퍽 소리를 내며 잘려 나갔다. 그다음 개미도, 그다음 개미도 마찬가지였다. 빛이 지나갈 때마다 개미들의 시신이 쌓이기 시작했다.

율케스가 중얼거렸다.

"트랩이군."

눈에 보이지도 않을 정도로 가는 현이 동굴을 가득 메웠다. 그러나 가늘다는 건 쉽게 끊어진다는 뜻. 이윽고 현 하나가 끊어지자 다른 현들도 탄력을 잃었다. 압도적으로 많은 숫자 앞에서는 함정도 소용이 없었다. 티스가 소매를 펄럭이자 제 몸보다 거대한 채찍이 튀어나왔다.

흑색 채찍이 수십 갈래로 갈라져 적들을 일제히 후려치기 시작했다.

어떤 채찍도 적을 놓치는 법이 없었다. 소드 마스터의 권능은 아니었다. 그저 단순하게 적이 공격하기 전에 먼저 후려친다.

채찍이 굉음을 내며 공기를 가른다.

티스의 붉은색 눈동자가 깊숙하게 가라앉았다. 귀신의 눈이었다. 백여 마리의 개미들이 티스의 소맷자락조차 건드리지 못하고 튕겨 나갔다. 검기가 담긴 채찍에 맞을 때마다 개미들의 키틴질이 으스러졌다.

마치 믹서기처럼 채찍의 칼날이 적을 분쇄했다.

잔혹한 죽음의 무도를 바라보며 율케스가 물었다.

"너……."

티스가 표정 없는 눈으로 율케스를 돌아보았다. 이 많은 수를 학살하면서 살기라고는 전혀 풍기지 않았다.

단 한 마리의 개미도 남기지 않고 학살한 후에야 공격이 멈췄다. 티스는 어지러운지 살짝 비틀거렸다.

율케스가 다가가자 티스는 율케스의 가슴팍에 머리를 기댔다.

"그동안 무슨 일이 생긴 거냐?"

티스가 대답했다.

"아무 일도."

"거짓말."

티스가 눈을 감았다. 깊이 가라앉은 망막에 기포가 솟아올랐다.

"아무 일도 아니야. 다른 사람이 모르는 걸 조금 더 알게 된 것뿐이지."

"그게 무슨 말이지?"

"……."

티스는 미소 지었다. 대답할 생각이 없는 모양이다. 율케스는 다시 묻는 걸 포기하기로 했다.

중요한 건 이 녀석이 강해졌다는 거고, 그건 무척이나 도움이 되는 일이니까.

율케스가 말했다.

"무리하지는 마라."

"알아."

두 사람은 굴 아래로, 아래로 내려갔다. 여왕개미가 어디에 있는지 알 도리가 없었다. 다만 더 많은 개미들이 지키고 있는 곳으로 향할 뿐이었다.

개미들은 강했지만 인간이 갖고 있는 이성은 없다. 오로지 여왕개미를 지키겠다는 본능만이 자리 잡고 있었다. 가장 좁은 통로 외길을 내려가는데, 개미 머리가 구멍을 틀어막고 있었다.

문지기 개미다. 비정상적으로 머리가 크게 진화한 이놈들은 여왕개미 방을 지키는 역할을 한다. 더듬이로 페로몬을 감지한 후, 원하는 방문객들만 들여보내는 이놈들은 드워프가 10년 동안 제련했다는 묵철보다도 머리가 단단하다.

"비켜라."

율케스가 검 손잡이를 쥐었다.

—알테리온 제4검 발도(拔刀).

검기를 압축하고, 압축하고, 압축한다. 마침내 검이 부러질 것처럼 덜덜 떨었다.

기이잉—.

이윽고 한계 지점에 이르렀을 때 검을 뽑았다.

손끝에 힘이 퉁, 해방되는 감촉이 울렸다. 검기는 한순간에 폭발하며 문지기 개미를 가른다. 차남, 에론과 필적하는 속검. 아니 뱀파이어의 힘까지 해방하게 된다면 그 이상의 출력이 튕겨 나온다.

순살(瞬殺).

거대한 개미의 머리가 쩍 갈라져 쓰러진다.

율케스는 칼날을 한 번 털더니 도로 검집에 집어넣었다. 티스가 물었다.

"너 소드 마스터냐?"

"반쯤은."

"반쯤이라니?"

"힘과 기술은 이미 소드 마스터의 경지라더군. 그러나 결정적으로 뭔가가 부족하데."

티스가 눈을 가늘게 떴다.

"그게 뭔데?"

"에론 사부의 말로는 전에 했던 달걀 수련과 관계가 있다더군."

"흐음."

소드 익스퍼드와 소드 마스터의 차이는 크다. 소드 마스터는 소드 익스퍼드 상급 일곱 명을 손쉽게 도살해 버린다. 만약 이대로 율케스가 소드 마스터가 된다면 대륙 최연소 소드 마스터일 것이다.

일인 군단.

병사는 전세를 바꿀 수 없다. 고작 한 명의 무력으로는 강처럼 쏟아지는 병사를 막아내는 건 불가능하다. 그러나 소드 마스터라면 가능하다. 그들은 병사나 장군이 아닌

병기로서 분류되며, 나라에서 특별 관리를 받는다.

이 대륙에 검을 배우는 사람들이 수천만이 되는데도 소드 마스터에 오르는 사람은 동시대를 통틀어 열다섯 명도 되지 않는다.

"기가 막히군."

티스는 헛웃음을 지었다. 율케스는 이제 그 소드 마스터의 입구에 첫발을 내디뎠다. 부족하다고 하는 그 무언가만 채워진다면, 그의 적수가 되는 이는 거의 없으리라.

뱀파이어의 육신에 극한의 검술.

란츠크네 가문이 드디어 숙원을 이루었다. 그러나 그건 율케스라는 친구가 더 이상 사람으로 살아갈 수 없음을 의미한다. 티스가 입을 열었다.

"힘을 숨겨라."

"처음부터 그럴 생각이다."

"샨에게도 말하지 마."

율케스는 눈을 감았다.

"그 녀석에게 숨길 생각은 없다. 이렇게 강해진 것도 그 녀석 덕분이니까."

고집불통이다.

티스는 머리를 벅벅 긁더니 율케스의 어깨에 팔을 둘렀다.

"니가 그러니까 충견이라는 소리를 듣지."

"뭐?"

"아~무것도 아니네요, 멍멍이군."

티스는 혓바닥을 쏙 내밀고는 종종걸음으로 나섰다. 율케스는 뭔가 물어보고 싶어 한참 그를 바라보더니 검을 챙겨 걸어갔다.

여왕개미의 방에는 발목까지 물이 고여 있었다. 여왕개미 주변에는 시녀들과 전사 개미들이 도열해 있었다. 여왕개미는 보통 개미들의 3배는 더 컸다.

티스가 물었다.

"어쩔 거야?"

율케스가 담담하게 말했다.

"모두 죽여야지."

"우리가 먼저 죽을 건 생각 안 하냐?"

호위 개미들이 턱을 딱딱거리며 일제히 덤벼들었다. 아까와는 차원이 다를 정도로 강했다. 개미들이 배를 치켜들더니 일제히 개미산을 쏘았다. 티스는 채찍으로 막으려다 말고 몸을 피했다. 개미산을 맞은 바위가 녹아서 푹 꺼졌다. 강한 산성이다.

"돌겠다!"

율케스가 검을 뽑아들었다.

"엄호를 부탁한다."

"야이 망할 놈아!"

—알테리온 보법 제2식 레이지 웨이브.

거친 파도 위를 거슬러 올라가기에 적합한 보법이다.

율케스는 개미의 머리를 밟고 몸을 튕겼다. 마치 태아가 몸을 웅크리듯 몸을 웅크렸다가 착지하기 무섭게 검을 뽑았다.

발도(拔刀)!

검이 뽑혀 나가며 막대한 검기가 적을 갈랐다.

율케스는 적의 조각난 키틴질을 밟고는 총알처럼 다시 몸을 날렸다. 여왕개미 바로 목전에 가까워진다. 개미들이 개미산을 쏘려다 멈췄다. 여기서 쐈다가는 여왕개미가 맞는다!

여왕개미가 네 개의 발톱을 들었다. 그러고는 율케스를 향해 창살처럼 빠른 속도로 찍었다.

율케스는 검을 비스듬히 뉘어 튕겨냈다.

공중에서 공격받는 건 위험하다. 충격을 분산할 방법이 없다. 율케스는 바닥에 양발을 쿵 찍었다. 그러기가 무섭게 호위 개미들이 일제히 율케스를 덮쳤다.

키아아악!

두려워할 만도 하건만, 율케스의 눈동자에는 그 어떤 망설임도 없었다. 오히려 급소를 모두 적에게 내놓은 채 여왕개미를 향해 돌진했다.

—알테리온 필살, 윈드 크러쉬!

한순간 그의 모습이 사라졌다. 여왕개미가 당황하며 주변을 돌아보았다. 율케스가 바로 머리 위에서 보였다. 여왕개미는 개미산을 쏘았다. 그러나 잔상이었다. 모습이 흩어졌다. 다시 그 뒤에서 또 다른 율케스가 나왔다. 여왕개미가 발톱을 찍어 내렸다. 그것 역시 잔상이었다. 이윽고 수십 명의 율케스가 허공에서 나왔다.

키에에엑!

여왕개미가 비명을 질렀다. 각기 다른 방향에서 수십 개의 검기가 공간을 자르고 날아온다. 검기는 고스란히 여왕개미의 키틴질을 갈랐다. 고통에 여왕개미가 바동거렸다. 그리고 마지막, 여왕개미의 머리 위에 율케스가 나타났다.

"마지막이다!"

율케스는 여왕개미의 이마를 향해 검을 찍었다. 이마에서 시작된 검격은 여왕개미를 정확히 반으로 잘라냈다.

카아아악!

외마디 비명과 함께 붉은색 체액이 터져 나왔다. 통제를 잃은 개미들이 한순간 우왕좌왕하기 시작했다. 광란의 시작이다.

율케스는 팔을 뻗어 잘린 여왕개미의 가슴께로 손을 넣었다. 끔찍한 감촉과 함께 새하얀 구슬이 모습을 드러냈다.

몬스터 잼, 마정석이라고도 하고 동대륙에서는 내단이라 부른다.

수십 년, 수백 년, 수천 년 살아오며 자신의 마력을 한 곳에 결정화시킨 보석이다. 율케스는 내단을 조심스럽게 가방 속에 넣었다. 문득 손에 묻은 붉은 체액이 낯설지가 않았다. 그는 혓바닥으로 손등을 핥았다. 헤모글로빈 특유의 텁텁한 맛이 느껴졌다.

"여왕은 육식이었군."

일개미의 녹색 체액과는 달리 여왕개미의 체액에는 다량의 철분이 함유된 액체가 흘렀다. 이걸 보통 피라고 한다.

보통 곤충에게는 피를 규정짓는 붉은색, 즉 헤모글로빈이 없다. 척추동물들은 헤모글로빈을 통해 산소를 세포에 공급하지만 곤충은 기관계라는 공기 통로가 조직 속까지 연결되어 있다. 그렇기에 피(혈림프)를 통해 산소를 공급할 필요가 없게 된다.

여왕개미는 일개미들과는 다른 신체 구조로 진화한 모양이다.

어찌 되었든 좋았다. 써먹을 수 있는 거라면 아무래도 상관없다.

율케스는 귓불에 달린 봉인 피어싱을 뽑았다.

"티스, 피해라!"

"오케이!"

티스가 율케스 뒤편으로 물러났다. 뱀파이어의 힘을 개방한 율케스는 억눌려왔던 살육본능이 솟아났다.

그가 피를 향해 손을 짚었다.

"블러드 피어싱!"

피가 순식간에 창날처럼 솟아올라 개미들을 꿰맸다. 두 사람은 그 틈에 여왕개미의 내단을 들고 밖을 향해 전속력으로 달렸다.

뭐가 그리 재미있는지 티스가 한참을 웃어댔다.

"이야아, 친구. 우리 생각보다 팀워크가 맞는 것 같지 않아?"

율케스가 대답했다.

"네놈이랑 싸우는 건 이제는 지긋지긋하다."

"어머, 까칠하시네요. 여보."

"……그 말 한 번만 더 지껄이면 가문의 이름을 걸고 베어 주마."

살아남은 개미들은 전속력으로 둘을 추격하기 시작했

다. 설상가상으로 입구에는 막 결혼 비행을 끝낸 호위 개미들이 돌아오고 있었다.

악운이 시작되었다.

8.

다음 날 새벽이 돼서야 두 사람은 겨우 돌아올 수 있었다.

어디 한구석 성한 곳이 없었다. 티스가 늘 속에 받쳐 입던 사슬 갑옷은 이미 부서진 지 오래고, 율케스는 팔이 부러졌는지 부목으로 대충 돌돌 감았다.

얼마나 상처가 깊은지 찢어 감은 옷 사이로 피가 새어나왔다. 샨이 울상이 돼서 소리 질렀다.

"괜찮아? 어쩌다 이렇게 많이 다친 거야!"

티스가 피 섞인 가래를 탁 내뱉었다.

"샨."

"응?"

"네 형들은 악마야."

"뭐? 그게 무슨 소리야?"

"인간이 이런 짓을 시킬 리가 없…… 크억!"

티스는 그 말을 끝으로 쓰러졌다. 샨은 비명을 지르며 티스를 껴안았다.

"으아아! 티스, 일어나. 일어나아!"

그 소리를 듣고 에론이 눈을 떴다. 차남 에론은 옆 침대에서 자고 있던 리오 형을 툭툭 두드려 깨웠다.

"음?"

"밖에……."

밖을 내다보니 샨이 두 걸레짝을 부둥켜안고 가솔들을 부르고 있었다.

리오와 에론, 두 형제는 서로 바라보며 동시에 말했다.

"쳇, 빌어먹을."

"무사히 돌아오다니!"

언제나 투덕거리던 형제도 이날 이때만큼은 한마음 한뜻으로 안타까워했다. 그 아래에서 샨은 두 넝마를 위해 치료 도구를 챙겼다.

Chapter 5

성장기 용

1.

평생 계속될 것 같았던 방학이 어느새 끝나 가고 있었다.

개학을 앞두고 세 사람은 밀린 방학 숙제를 처리했다. 아니, 사실 방학 숙제는 샨 혼자서만 처리하고 남은 두 사람은 샨의 방학 숙제를 베꼈다.

샨이 노트를 가리며 소리 질렀다.

"그래도 뒤 문장은 다르게 해야지! 토씨 하나 안 틀리고 똑같이 하면 어떻게 해? 걸린단 말이야!"

티스가 이마를 탁 쳤다.

"일단 무슨 말인지나 알아들어야 바꿔 쓰든가 하지. 이

건 무슨 외계어네. 외계어야."

"마법 합성 공식 몰라? 지난번 기말고사에 나왔잖아."

티스가 상큼하게 대답했다.

"몰라. 그딴 거."

샨은 들고 있던 펜을 우득 부러뜨렸다. 그러고는 싸늘한 냉기를 온몸으로 풀풀 날리며 말했다.

"내가 그거 요점 정리 노트 만들어 줬잖아."

"……미안하다."

샨에게 있어 요점 정리 노트는 역린과도 같다. 거의 반년 동안 만들어 준 걸 두 사람이 하루 만에 휴지 조각으로 만들어 놓은지라 아직도 그 이야기만 하면 냉기를 쌩쌩 내뿜는다. 샨은 새 펜을 집어 들었다.

"어쨌거나 알아서 조금씩 다르게 베껴 봐. 잘못했다가는 F라고."

"으으! 이거 베꼈다고는 해도 책 한 권 읽고 독후감 쓰기는 어쩔 거냐? 세 사람이 똑같은 책을 방학 내내 읽는 건 말이 안 되잖아?"

율케스가 펜을 굴리며 담담하게 말했다.

"그건 사나이답게 포기하자."

"벌점은?"

"사나이답게 보충수업."

그거 말고는 방법이 없다. 샨이 되물었다.

"그리고 보니까 티스, 너 보충수업 땡땡이친 거 어떻게 됐어?"

그 말에 티스의 안색이 하얗게 질렸다.

"묻지 마라. 나도 겁난다."

학교로 돌아가기 막판 일주일 전에는 거의 날을 새고 온종일 숙제만 해댔다. 그러니까 미리 하는 게 좋지 않았겠냐고, 그동안 뭐 했냐고. 샨의 잔소리가 이어졌지만 소 잃고 외양간 고치기다.

샨은 한숨을 포옥 내쉬더니 부엌으로 내려갔다.

부엌에는 에론 형이 초콜릿 퍼지와 딸기 슈크림 케이크를 만들고 있었다. 거기에 초콜릿을 코팅한 커스터드 푸딩을 준비했다. 과자집의 마귀할멈처럼 샨을 살찌게 해서 잡아먹기라도 하려는지 설탕과 밀가루 덩어리로 뭔가를 쉼 없이 제조 중이다.

샨은 딸기 케이크 한 홀을 집어 들고는 쟁반에 푸딩 세 개와 초콜릿 퍼지를 담았다. 마지막으로 곁들일 홍차는 직접 끓였다.

"솜씨가 제법인 걸?"

아르고 형은 입이 짧은데다 까다롭기까지 하다. 차 한 번 잘못 탔다가는 불벼락이 떨어진다. 그렇기에 누베스 상단 직원으로 만수무강하고 싶으면 첫째도 차 끓여야 하고, 둘째도 차 끓여야 한다. 못 끓이면 죽는다.

형의 직원들에게 스파르타로 배웠던 솜씨가 어디 가는 게 아니다.

샨은 투명한 주전자에 홍차 잎을 넣고는 시간을 쟀다. 은은한 불에 15분, 찻잎이 물 위로 떠오르자 샨은 찻잎을 건져내고 찻잔에 하나씩 담았다.

마지막으로 율케스가 마실 찻잔에는 각설탕 세 개. 티스가 마실 찻잔에는 레몬 조각을 얹었다.

자신이 마실 것에는 아무것도 넣지 않았다. 차 본연의 맛이 가장 좋았다.

쟁반에 찻잔 세 개를 담고는 케이크 한 홀과 쟁반 두 개를 한번에 들어 올렸다. 일류 웨이터처럼 상체가 거의 흔들리지 않는다.

에론 형이 휘파람을 불었다. 집이랑 형들밖에 모르던 동생이 학교에 가더니 제법 어른스러워졌다.

"형, 간식 고마워. 잘 먹을게."

샨은 방긋 웃으며 인사를 하고는 계단을 올라갔다. 여전히 상체는 전혀 흔들리지 않았다.

에론은 멀어져 가는 동생의 늘씬한 등판을 바라보다가 한숨을 쉬었다.

"컸구나. 컸어."

에론의 발아래에서는 리오 형이 에론이 만든 간식을 훔쳐 먹고 있었다. 에론이 리오를 발로 차면서 짜증을 부렸다.

"아, 좀 그만 좀 드십시오. 그 나이 돼서 이게 뭡니까?"

에론의 질문을 전혀 이해 못한 리오가 말했다.

"우리 막내가 옛날에는 크면 나랑 결혼한다고 했었는데."

에론이 눈을 가늘게 떴다.

"저랑도 결혼한다고 했죠."

"아빠랑도 한다고 했어."

"아랫마을 똥개와도 결혼한다고 했었지."

"그때 아버지가 그 말을 듣고 뭐라고 말했던가?"

두 형은 서로 바라보더니 그때를 떠올렸다.

샨의 발바닥이 검지만 하던 적이 있었다. 눈에 넣어도 아프지 않을 정도로 엄청 귀여웠었는데 아랫마을 똥개가 목줄을 풀고 여기까지 올라온 적이 있었다. 샨이 얼마나 좋아했는지 모른다. 그때 그 개를 껴안고 아버지께 말했었다.

'아빠, 아빠! 나 크면 얘랑 결혼할 거야.'

……아버지는 약 5분간 말이 없으셨다.

정확히 5분 후, 장고의 고민 끝에 아버지는 100만 대군을 앞에 둔 장수처럼 소리를 버럭 질렀다.

"그래라! 해라!"

당시 아버지의 인생에서 가장 진지하게 고민을 하던 때가 아니었나 싶다.

물론 다음 날, 샤은 에론 형을 껴안으며 크면 형이랑 결혼하겠다고 혼인을 선포했다. 그리고 아버지는 또다시 5분간, 말이 없으셨다. 그때의 아버지 대답은 주먹이었다. 에론 형은 주먹 한 방에 나가 떨어져서는 엉엉 울며 내가 개만도 못하냐고 소리 질렀다. 그런데 아버지 대답이 가관이었다.

"너 같은 자식에게 내 소중한 막내를 줄 순 없다! 내 눈에 흙이 들어가도 이 결혼 용납 못 한다!"

샤 알테리온, 세 살 때 벌어진 슬픈 추억이다.

물론 에론 형은 아버지와 대판 싸우고 이놈의 집구석을 나가야 한다고 전의를 다졌다.

그때, 에론 형은 샤을 옆구리에 끼고 가출시도를 하다 복날 개처럼 아버지에게 처맞았다. 이때만큼은 아버지도 에론 형을 개와 똑같이 대우해 주셨다.

생각을 마친 에론과 리오는 한숨을 푸욱 쉬었다.

"그때가 좋았는데 말이야."

"그쵸, 형님? 그때는 저밖에 몰랐는데 말입니다."

"뭘, 너밖에 몰라. 나밖에 몰랐지."

"뭐요? 한판 하자는 겁니까?"

"이 자식이! 감히 큰형한테!"

잠시 후, 부엌에서 한차례 소동이 일어났다. 아버지가 자신의 소중한 냄비가 깨졌다는 소식에 통곡하며 두 아들을 처벌하러 출동한 것이다.

두 형이 냄비가 겪었을 고통을 아버지에게 몸으로 배우는 동안 샨은 친구들에게 무사히 간식을 내고 있었다. 이곳에 와서 단 거라면 토 나올 정도로 먹어댄 티스는 이제는 케이크만 보면 손사래를 친다. 율케스는 그런 티스의 접시를 자기 쪽으로 당겼다.

"내가 먹는다."

"오우, 감사. 너 다 먹어라."

아마 저놈은 뱀파이어 역사상 최초로 당뇨병에 걸려 죽는 뱀파이어가 될 거라고 티스가 농담처럼 말했다. 샨은 푸딩을 스푼으로 한 입 떠서 입에 담았다.

맛있긴 한데 너무 달다.

가뜩이나 단 푸딩에 초콜릿 퍼지에 케이크까지 먹으니

이건 무슨 에론의 간식 철인 3종 경기다.

샨이 말했다.

"당분이 뇌에 좋대."

"너 그 말 몇 번째 하는 거냐?"

티스가 대답했다. 그러나 이런 자기 최면이 아니고서는 무리다.

세 사람은 그렇게 방학 숙제에 매진했다.

2.

벼락치기를 하듯 리포트를 마치고 무사히 돌아오는 열차에 몸을 실을 수 있었다.

하루만, 아니 반나절만 더 있다가 가라는 형들의 권유를 뿌리치고 샨은 겨우 열차에 몸을 실을 수 있었다.

창밖에서 손을 흔들고 있는 세 남자를 물끄러미 바라보다가 샨이 말했다.

"참, 이번 여름에는 율케스네 집도 가기로 했었는데."

율케스는 트렁크를 위로 올리며 딱 잘라 말했다.

"안 가는 게 좋아. 그딴 집."

집안에 꽤 악감정이 깊은 모양이다.

아쉽긴 하지만 친구를 아버지께 인정받았다는 걸로 충분히 만족스러운 방학이다.

샨은 카이를 끌어안았다. 이번 여름방학에 가장 큰 성과는 뭐니뭐니해도 카이의 성장이다. 몸 크기도 엄청 성장한데다 힘도 강해졌다. 이제 카이는 샨을 태우고 날 수 있게 됐다. 무엇보다 카이 몸집 줄이는 마법을 배우게 돼서 참 다행이다.

열차 출발하기가 무섭게 세 사람은 까무룩 잠이 들었다.

이번 여름방학은 여러 가지 의미로 무척 힘들었으니까.

열차가 아카데미 도시 안으로 미끄러져 내려갔다.

안내 방송이 들리자 샨은 부스스 눈을 떴다.

창밖에는 비가 내리고 있었다. 우산을 미처 챙기질 못한 탓에 신입생들이 밖으로 나오자마자 학교를 향해 달려갔다. 새카만 급류가 달려가는 것 같다.

샨은 율케스의 뒤를 따라 찌그러진 트렁크를 질질 끌고 달려갔다. 그러다 웅덩이에 발이 걸려 앞으로 고꾸라졌다.

철퍽!

모처럼 새로 맞춘 교복이 흙탕물에 젖었다. 샨은 옷을 훌훌 털고는 몸을 일으켰다.

"마마, 괜찮아?"

"세탁하면 돼."

소나기가 빗발쳤다. 학생들의 발걸음이 점점 빨라졌다. 샨은 주변을 둘러보았다. 티스도 율케스도 보이지 않는다.

두 사람의 이름을 큰 소리로 불러 봤지만 빗소리에 묻혔다.

"티스! 율케스! 어디 갔어?"

밀려오는 학생들에게 치여 뿔뿔이 흩어져 버렸다.

이미 옷은 망가질 대로 망가졌고, 트렁크 안에 든 짐도 모두 엉망이 되었다.

결국 샨은 학교까지 천천히 걷기로 했다.

낡은 트렁크 바퀴에 진흙이 꼈는지 자꾸만 바퀴가 가다 멈추다 가다 멈추다 반복했다.

샨은 조금 우울한 기분이 들었다.

지름길로 들어서자 그나마 있던 학생들도 보이지 않는다.

샨은 볼을 잔뜩 부풀리고는 학교를 향해 씩씩하게 걸어갔다. 그러다가 문득 머리 위가 더 이상 젖지 않는다는 사실을 깨달았다.

위를 올려다보니 긴 금발 머리카락의 청년이 우산을 든 채 내려다보고 있었다.

"괜찮으십니까?"

키는 190센티미터는 될 것 같은 큰 키에 허리까지 내려오는 금발이 인상적이었다. 허리에는 칼을 찼는데, 손잡이와 보호대에 칼자국이 나 있었다. 파란색 바탕에 금색 실로 수놓은 정장을 입은 그는 동화책에 나오는 왕자님을 눈앞에 갖다 놓은 것 같았다. 그 청년은 샨에게 부드럽게 미소 지었다.

그에 비해 샨은 진흙탕에서 구른 옷에 찌그러진 트렁크는 젖은 스펀지처럼 물을 게워내고 있었다. 부끄러운 기분이 들어 고개를 푹 숙였다.

"고맙습니다."

샨은 그대로 고개를 숙인 채 앞으로 가는 걸음을 서둘렀다. 청년은 샨을 쫓아 걸었다. 우산이 자꾸만 머리에서 떨어지지 않자 샨이 뒤를 돌아보았다.

고맙지만 자기 때문에 신경 쓰지 마시고 갈 길 가시라는 말을 하려고 했다. 그러나 먼저 말을 꺼낸 건, 파란 옷의 청년이었다.

"혹시 드래곤 스콜라 아카데미가 어디에 있는지 아십니까? 길을 잃었거든요."

샨이 엉겁결에 입술을 뗐다.

"제가 거기 학생인데요."

"압니다."

아아, 교복을 보고 따라오신 거구나.

이러면 오히려 부담감이 없어진다. 그러나 이해가 안 가는 게 하나 있었다. 샨은 멀리 보이는 학교를 향해 손가락으로 가리켰다.

"저거 보고 그대로 따라가시면 되는데요?"

샨의 말에 청년은 곤란한 표정을 지었다.

"그게 안 되더라고요."

엄청 길치인 모양이다.

샨은 내심 저 사람이 불쌍하다는 생각이 들었다. 그도 그럴 게 동화 속 왕자님이 마왕을 물리치는 건 둘째치고 마왕 성 가는 길도 못 찾아서 헤매면 말짱 도루묵 아닌가.

샨이 고개를 끄덕였다.

"저만 따라오세요."

샨은 왕자님이지만 어딘가 어벙한 이 사람이 싫지만은 않았다.

학교 앞에 도착하자 두 사람은 걸음을 멈출 수밖에 없었다. 학교와 도시를 잇는 도개교가 위로 올라가고 있었기 때문이다. 이렇게 되면 꼼짝없이 30분을 기다려야 한다. 청년이 턱을 긁었다.

"건너갈까요?"

이 거리를 달려서 넘어가겠다니.

이 사람도 율케스 같은 육체파인 모양이다.

샨이 손을 저었다.

"자, 잠깐만 기다리세요."

샨은 카이를 내려놓았다. 그러고는 카이의 이마에 손을 얹었다.

"폴리모프 셀프."

카이의 몸이 순식간에 커졌다. 청년이 놀란 눈으로 말했다.

"정말 멋진 용이군요."

변신을 푼 카이의 몸 크기는 꼬리부터 머리까지 10미터가 넘는다. 양 날개 간격은 그보다 넓다. 순백색 비늘과 노란색 눈동자는 누가 봐도 아름다웠다. 카이가 어금니를 따닥였다.

"마마, 이 빗속에서 두 사람도 가능할까?"

샨이 카이의 콧등을 손으로 쓸어내리며 말했다.

"이 정도 거리라면 괜찮을 거야."

"해 보자."

용은 유년기를 벗어나 청소년기를 맞게 되면 성격이 많이 변하게 된다. 예전에는 오로지 자신의 부모, 그러니까 사육사만이 법이었었으나 청소년기가 되면 반항도 잦아지고 무모한 짓도 서슴지 않는다. 거기다 인생에 대한 고찰 '나는 누구인가?', '자유란 무엇인가?' 같은 고민을 하게 되는데 여기서부터 사육사의 고생문이 열린다 할 수 있다.

다행히 카이는 아직 샨에 대한 반항이라든가 인생에 대한 고찰은 보이지 않고 있다.

아직 정신까지는 성숙해지지는 않은 건지. 어느 쪽이든 샨에게는 그저 고맙고 반갑다.

샨은 안장 걸쇠에 트렁크를 걸고는 위에 앉았다. 안장이 작다 보니 두 사람이 앉는 건 턱도 없었다. 샨은 카이의 목을 끌어안고는 청년에게 말했다.

"절 붙잡으시면 돼요."

"용을 타고 나나요?"

"네."

그는 어색하게 카이 위에 올라갔다. 드래곤 테이머의 수가 워낙 줄고 있다 보니 이런 귀족분들도 용을 타고 나는 게 무척 드문 모양이다.

샨은 그렇게 지레짐작하고 카이의 목을 두드렸다.

"간다!"

카이는 앞발로 쿵, 도움닫기를 했다.

두 걸음, 세 걸음, 네 걸음.

카이가 달려갈 때마다 바람이 불었다. 급경사로 솟아오른 도개교가 활주로 같았다. 마침내 다섯 걸음째에 카이가 날개를 펄럭이자 발이 땅 위로 떠올랐다.

상쾌한 바람을 맞으며 샨이 웃음을 터뜨렸다.

"기분 좋죠?"

"그렇네요."

나는 건 무척 기분 좋은 일이다. 얼마나 즐거운지 오늘 일행을 잃어버린 일과 진흙탕에서 엎어진 일 따위는 몽땅 날려 버릴 수 있을 것 같다.

카이는 수면에 내려앉는 백조처럼 학교 정문 광장에 우아하게 착지했다.

학생들의 시선 때문에 얼굴이 붉어졌지만 내색하고 싶지는 않았다. 청년이 내려오며 샨에게 악수를 건넸다.

"감사합니다. 덕분에 즐거웠어요. 이름이 뭔가요?"

샨이 대답했다.

"아, 샨 알테리온이에요. 샨이라고 불러 주세요."

알테리온이라는 성을 대면 늘 반응이 두 가지로 갈렸다. 알테리온가의 이름에 놀라거나, 아니면 샨이라는 그러니까 알테리온가의 유일한 불행의 별이라는 데에 놀라거나.

그러나 청년은 아무런 반응을 보이지 않았다.

"좋은 이름이군요. 저는 류이네티스 이타카르 디 아론

헤이스팅스, 줄여서 류인이라고 부르시면 감사하겠습니다."

오히려 손이 굳은 건 샨이었다. 샨은 어색하게 웃었다.

류이네티스 이타카르 디 아론 헤이스팅스.

티메리스 이타카르 디 와처 헤이스팅스.

이 제국 황태자의 이름인 '류이네티스'는 샨도 알고 있었다.

샨은 실례를 무릅쓰고 되물었다.

"혹시 제가 아는 그 이름이 맞나요?"

청년은 방긋 웃었다.

"맞을 겁니다."

"제1황자이시자 황위 계승권 1위이신……."

"아직 후계자가 정해지지 않았으니 모르는 일이죠."

다리에 힘이 풀렸다.

그가 당황하며 말했다.

"편하게 대해 주세요. 제발요. 저도 믿고 제 이름을 말해드리는 거잖아요!"

샨이 당황하며 그를 올려다보았다.

그때, 익숙한 목소리가 울렸다.

"샨 비켜."

카이가 반사적으로 샨을 낚아챘다.

동시에 수백 발의 암기가 류인을 향해 쏟아졌다. 류인은 검을 뽑아들고는 암기를 쳐내더니 곧장 목소리의 주인공을 향해 달려갔다. 티스였다. 티스는 채찍을 꺼내는 대신 짧은 소태도를 빙그르르 쥐고는 그의 검을 막아냈다.

카앙!

그가 티스를 향해 미소 지었다.

"오랜만이구나. 동생아."

티스도 류인을 향해 상큼하게 대답했다.

"반갑습니다. 형님."

매서운 공격이 두세 차례 연거푸 터졌다. 하나같이 스치기만 해도 치명상을 입을 것 같은 공격이었다.

두 사람의 싸움에 감히 아무도 나서지 못하고 발만 동동 구르고 있었다. 학생회가 올 때까지 기다리면 늦다.

샨이 달려갔다.

"그만 하세요!"

싸움 사이에 맨몸으로 끼어드는 게 얼마나 위험한 일인지는 알고 있었다. 그러나 이러다가는 정말 둘 중 하나가 죽을지도 모른다.

"이런."

류인은 검을 뒤로 뺐다. 그러나 늦었다. 위험하다. 그때 샨이 두 사람 사이로 가기도 전에 웅덩이에 다시 발이 빠지고 말았다.

철벅!

진흙탕에 또다시 헤딩하는 샨을 보며 카이가 한숨을 쉬었다.

"……."

"……애기야."

티스는 이럴 줄 알았다는 듯 놀란 기색도 없이 샨의 뒷목을 붙잡고 일으켰다. 샨의 얼굴이 시뻘게졌다.

"보, 보지 마!"

얼굴까지 진흙 범벅이 되었다. 티스는 웃음을 터뜨리며 샨을 일으켜 세웠다.

"우선 씻자."

그는 바동거리는 샨을 어깨로 들쳐 매고는 류인을 향해 짧게 목례했다.

"반가웠어, 형."

"그래. 아주 반가웠다, 동생아."

샨의 상식으로는 도무지 이해할 수 없는 형제였다.

3.

기숙사에 짐을 내려놓자마자 전부 세탁을 맡겨 놓고는 티스에게 잠옷을 빌려 입었다. 율케스가 침대에 누워 있다가 물었다.

"무슨 일이지?"

티스가 샨 대신 대답했다.

"빗속에서 굴렀어."

샨의 얼굴이 빨개졌다.

"따, 딱히 구른 건 아니야!"

율케스는 눈을 가늘게 떴다.

"이럴 줄 알았으면 무리해서라도 찾으러 가 볼 걸 그랬군."

고작 도보로 10분도 안 되는 거리에서 벌써 두 번이나 구를 줄 누가 알았겠는가!

샨은 얼굴이 벌게져서 수건을 뺏어 들고는 카이를 어깨에 태우고 대욕탕으로 내려갔다. 티스는 그런 샨이 재미있는지 한참 깔깔거리며 웃었다.

샨은 뜨거운 물을 얼굴에 연거푸 끼얹었다. 대욕탕에 있는 건 샨 혼자뿐이었다. 다들 짐을 내려놓고 강당에 개학식을 하러 갈 시간이다. 생각해 보면 학교에 오자마자 대욕탕에서 이렇게 목욕을 할 사람이 자신밖에 없다.

물을 끼얹으니 진흙이 머리칼 아래로 쓸려 내려갔다. 카이는 탕에 들어가 물장구를 쳤다.

트렁크 안에 든 옷들도 죄다 젖어 버려서 당장 내일 입을 옷도 없다. 티스나 율케스의 옷은 이제 질질 끌고 다닐 정도로 헐렁하다. 2차 성징을 겪고 있는 건 용뿐만이 아니다. 두 사람도 마찬가지였다. 여름방학 동안 키가 훌쩍 자란 덕분에 샨은 울고 싶은 기분이 들었다. 같이 있으면 꼬꼬마가 되는 기분이 들기 때문이다.

"나도 키 클 때가 됐는데……."

매일 우유를 두 컵씩 마시고, 자고 일어날 때 쭉쭉 스트레칭도 해 보고 키가 큰다는 모든 운동을 해 봤지만 크질 않는다. 그 흔한 변성기도 오지 않는다.

왠지 기분이 더욱 우울하다.

그때, 대욕탕의 문이 열렸다. 티스였다.

"뭐 그렇게 고민해?"

샨은 짐짓 씩씩하게 대답했다.

"뭘 고민했다고 그래? 아무것도 고민 안 했어!"

억지로 오기를 부리는 게 더 안타깝다. 문득 샨은 티스의 몸에서 자잘한 흉터가 늘었다는 걸 깨달았다.

움직일 때마다 단단하게 잡힌 근육이 꿈틀거렸다. 알테리온가에서 배웠던 수련들이 더욱 그를 강하게 키웠다.

금색 머리카락은 이제는 어깨까지 내려왔다. 별로 자를

생각이 없는 모양이다. 대신 뒷머리를 반 묶음하거나 개구쟁이 소녀처럼 느슨하게 양 갈래로 묶기도 했다. 보통이라면 징그러울 법도 한데, 여자들은 뭐가 그리 좋은지 비명을 지른다.

티스는 아무 말 없이 비누를 들고는 샨의 머리카락에 문질렀다. 거품이 일어나자 물을 끼얹었다. 머리카락 속에 숨어 있던 진흙들이 시원하게 씻겨 내려간다.

샨이 물었다.

"형…… 맞지?"

"배다른 형이지."

제국의 제1황자라는 건 의미가 깊다. 우선 현 제국에서 국민들은 황제를 기억하지 황자를 기억하지는 않는다. 강한 자가 황제가 된다는 유서 깊은 황실의 전통상, 황자간의 전쟁은 끊임이 없었고 누가 황제가 될지는 아무도 예측하지 못하기 때문이다.

거기다 현 황제의 경우 귀족들의 세력을 무너뜨리기 위해 후계자를 정하지 않은 채 황자들의 싸움을 암묵적으로 허락하고 있다.

황자들의 싸움은 그들을 지지하는 귀족들의 싸움이고, 귀족들의 싸움은 영지전으로 번지기 쉽다.

한번 영지전이 터질 때마다 승자와 패자 할 것 없이 모두 기력이 소모된다. 승자는 더욱 영지를 확장할 기회를 얻지만, 영지를 복구하려면 적어도 2년, 3년이 소모된다.

일전에 크롬과 부딪쳤던 바스커빌 가문의 경우 소모되는 돈과 인력을 얻기 위해 계속해서 전쟁을 치른다. 그리고 점령한 땅에서 돈과 인력을 얻어 원래 영지에 채운 후, 또 다시 전쟁을 치른다.

끊임없는 전쟁의 고리다.

바스커빌가가 전쟁을 멈추는 날, 영지 전체가 무너질 건 자명하다. 이미 호랑이의 등을 탄 셈이었다. 그리고 그 가문이 지지하고 있는 세력이 제1황자, 류인이다.

샨이 물었다.

"생각했던 모습과는 다르네."

"왜? 1황자니까 호위병이라도 주렁주렁 달고 다닐 것 같았어?"

"응."

그 말에 티스가 씁쓸하게 웃었다.

"이미 놈에게는 호위병이 붙어 있어. 다만 눈치채지 못할 뿐이지."

호위병? 아무도 없었다.

그때 자상한 손길로 샨에게 우산을 씌워줬을 때조차도 그는 혼자였다. 티스가 말을 이었다.

"그때 인사차 검을 나눴던 건, 서로 봐준 것뿐이야. 정말로 싸우려고 한다면 녀석은 자신의 호위병을 깨우겠지."

샨이 되물었다.

"대체 어떤 호위병이기에 그래? 아무도 없었는걸. 기척을 숨기는 거라면 카이가 눈치챘을 거야."

티스는 샨의 머리에 물을 끼얹었다. 예고도 없이 뜨거운 물이 닥치자 샨은 이마를 찌푸렸다.

"녀석에게는 최강의 호위병이 있어. 놈은 절대 배신하지도 않고, 지치지도 않아. 거기다가 '죽지도' 않지."

샨이 되물었다.

"그게 무슨 소리야? 그런 호위병이 존재할 리가 없잖아?"

티스는 그냥 웃었다.

샨이 계속해서 묻자 티스는 이렇게 대답했다.

"내가 여기서 더 말하지 않는 건 오로지 널 지켜주기 위해서야. 알았니? 애기야?"

샨은 볼을 부풀렸다.

"있잖아? 그래도 그 사람 나쁜 사람 같지 않았어."

티스가 대답했다.

"그래 나쁜 사람은 아니지."

"조금은 친해질 수 있지 않을까?"

티스는 몸을 일으켰다.

"샨 알테리온."

"응?"

"너희 집안은 좋은 곳이야. 형제들끼리 의리도 돈독하고, 아버지는 언제나 모두를 돌보지. 그렇지만 말이야……."

"응?"

티스는 아무렇지도 않게 미소 지었다.

"아니, 조금 귀찮아져서."

그는 몸을 일으켜서 대욕탕 문을 나섰다. 샨은 티스를 붙잡기 위해 몸을 일으켰다. 그러다 운 나쁘게 비눗물 묻은 타일을 밟았다.

쿵!

욕실 전체가 울릴 정도로 세게 부딪쳤다. 이마에서 피가 흘렀다. 카이가 욕조 밖으로 나오더니 샨을 내려다보았다. 그러고는 목을 귀엽게 45도 각도로 갸우뚱했다.

"마마는 왜 그렇게 약해?"

드디어 사춘기가 온 모양이다.

카이의 말이 비수가 돼서 꽂혔다. 샨은 부끄러움을 감추고는 허겁지겁 욕탕 밖으로 나갔다. 카이는 그런 샨의 등을 보더니 한 마디 덧붙였다.

"마마는 왜 다른 사람만큼 안 세?"

이 질문으로 카이의 사춘기가 시작되었음이 자명했다. 샨은 수건으로 얼굴을 문댔다.

서럽다.

4.

옷 전부를 세탁 맡긴 터라 티스의 옷을 빌려 입었다. 그러나 소매 끝이 어찌나 헐렁한지 두 번이나 접어도 손가락이 밖으로 나왔다.

애가 어른 옷을 입은 것 같다. 웃음소리가 들렸다.

샨은 고개를 푹 숙이고는 입학식 끝나는 시간을 역산해 봤다. 시간과 공간의 방에 있는 것 같다. 굼벵이처럼 기어가는 시계 초침을 올려다보며 샨은 작게 한숨을 내쉬었다.

'최악이다.'

요즘 들어 불운이 한꺼번에 찾아왔다. 그 이후로 넘어진 건 다섯 번이 넘고 식판도 한 번 엎었다. 재수 없게 샨의 머리 위에서 샹들리에가 떨어진 적도 있었고, 심지어 멀쩡한 창문이 샨 앞에서 깨진 적도 있었다.

그동안 행복했던 걸 벌주기라도 하듯 불운이 각다귀처

럼 몰려들었다. 그때마다 카이는 왜 마마는 약하냐며, 잘 넘어지느냐며, 왜 이렇게 재수가 없냐며 심장을 후비는 소리를 했다. 눈물이 나올 것 같다.

"……."

샨은 천장을 올려다보았다.

생각해 보면 이 학교 입학하기 전에는 언제나 이런 상태였다. 그때 상황을 다시 겪는다고 생각하니 익숙해지기는 커녕 오히려 힘이 빠진다.

"흠흠, 그러면 전학생을 소개하겠습니다."

긴 금발 머리카락의 청년이 걸어 들어왔다. 류인이었다.

"보통은 이 시기에 전학생을 받지는 않습니다만, 이 학생은 특별한 학생이니까요. 이분을 모시게 된 걸 저희 아카데미에서도 영광으로 생각합니다."

교장의 이마에 개기름이 줄줄 흘렀다. 동화 속에나 나올 법한 청년은 정중하게 모두를 향해 허리를 굽혔다. 미리 그에 대해 알고 있었는지 양갓집 규수들이 비명을 질렀다.

"류이네티스 이타카르 디 아론 헤이스팅스입니다. 줄여서 류인이라고 불러 주셨으면 좋겠네요."

그녀들의 높은 비명이 다시 울렸다. 티스는 차가운 눈으로 그를 올려다보았다. 그 뒤로 지젤 바스커빌이 뚱한 표정으로 류인을 노려보았다. 샨이 물었다.

"바스커빌은 1황자파 아니었어?"

티스가 어깨를 으쓱였다.

"그건 가문 어르신들이 정한 일이지 지젤 자신의 일은 아니잖아. 아마 지금은 순수하게 '어린 양'들을 뺏으려 하는 라이벌로만 보일걸?"

그리고 보니 지젤 주변에서 언제나 지젤 친위대를 자처하는 여학우들도 혼을 놓고는 그를 올려다보았다. 지젤은 그런 자신의 '어린 양'들을 미혹시키는 못된 늑대의 존재를 달가워하지 않았다.

"아아, 그렇구나."

그녀는 한쪽 손에 붕대를 감고 있었다. 크롬과의 싸움에서 다친 상처가 아직 다 낫지 않은 모양이다. 시선을 느꼈는지 그녀는 샨을 향해 돌아보았다. 그녀의 눈썹이 부드럽게 휘어졌다.

"풋!"

웃이 우스꽝스러운 모양이다.

샨은 다시 한 번 좌절감을 맛봐야 했다.

단상에서는 교장 선생님이 여전히 개기름을 흘리며 그에게 물었다.

"어느 반으로 가실 것이옵니까? 전하."

"아, 제가 정해도 되나요?"

입학시험 어쩌고 하던 고대 유적은 쓰지도 않나 보다.

그는 샨을 향해 방긋 웃었다.

"블루 타워로 가겠습니다."

우드득.

그 말에 지젤이 쥐고 있던 의자 손잡이가 가루가 되어 부서졌다.

그다음 수업은 어땠는지 기억도 나지 않는다. 점심을 먹으러 식당으로 나오자 이번에 입학한 1황자님의 이야기로 주변이 떠들썩했다. 티스는 못마땅한지 투덜거렸다. 그걸 보고 율케스가 물었다.

"그러면 너도 정체를 밝히지그래?"

"미쳤냐? 모처럼 쟁취한 황금빛 스쿨 라이프를 휴지 조각으로 만들게?"

율케스의 이마에 짜증스러운 힘줄이 돋아났다.

"그러면 뭐가 불만인데?"

티스는 포크로 햄을 푹 찍어 입으로 넣었다.

"저 녀석에게 딸린 교사만 30명이 넘어, 교재 준비하고 밑에서 뒷바라지하는 조교사만 쳐도 다 합쳐 100명이 넘는다고. 이런 곳에 와서 인스턴트 교육을 받을 필요 없다는 거지."

인스턴트 교육.

티스는 신랄하게 아카데미를 부정했다. 율케스는 뺨을 긁적였다.

"그래서?"

"호위병도 없이 이곳까지 와서 저런 쇼를 할 이유가 없어."

율케스가 검 손잡이를 만지작거렸다.

"너라는 정적을 제거하러 온 거 아니야? 몇 번 사건을 겪었잖아?"

티스가 고개를 저었다.

"단순한 제거라면 더 은밀하게 하겠지. 굳이 입학씩이나 해서 이목을 끌 필요는 없잖아?"

"그러면?"

류인은 여성들 속에서 어색한 미소를 짓고 있었다. 어딜 가나 어느 여성이든 그를 좇았다. 그도 그럴 게 혹시라도 눈에 띄기라도 한다면 황자비가 될 수 있는 기회가 아닌가. 여성들의 스커트가 전보다 더 고혹적으로 나풀거렸다.

"내 눈에는 저 녀석, 죽으려고 환장한 걸로밖에 안 보인다고."

샨이 되물었다.

"최강의 호위가 있으니 괜찮다며?"

"이 세상에 신이 아닌 이상 죽지 않는 건 없어."

티스는 거기까지 말하고는 포크를 내려놓았다. 샨은 그런 티스를 한참 바라보았다. 1황자가 정적이고, 그토록 목숨을 노리고 싸우는 상대라면 당연히 이 상황을 반가워해야 했다. 그러나 그의 표정은 전혀 즐거워하지 않았다.

그때, 류인이 피를 뱉었다. 류인의 행동에 주변 사람들이 놀라 우왕좌왕했다. 손바닥에 토한 피에서 유리조각이 번쩍이는 것이 보였다. 먹던 빵에 섞여 있었나 보다. 그리고 독도 발라져 있었는지 입술이 보랏빛으로 부풀어 올랐다. 샨은 놀라서 류인에게 달려갔다. 모인 사람들은 그저 당황하며 지켜보기만 했다. 류인의 상태가 좋아 보이지 않았다. 이러다가는 정말 위험할 것 같았다. 샨은 소리쳤다.

"교수님, 에녹 교수님을 불러!"

그리고 카이를 크게 만들어 류인을 등에 태웠다.

티스가 말했다.

"그러다 다음 목표는 너다."

샨이 대답했다.

"그렇다고 가만히 놔둘 수는 없잖아!"

티스의 입매가 작게 떨렸다. 그는 이마를 짚고는 한숨을 쉬었다.

"언제 어른 될래. 너, 그러다 죽어."

샨은 대답하지 않았다. 대신 카이를 재촉해 빠르게 양호실로 날아갈 뿐이었다.

그 이후, 책 사이에 면도칼이 들어 있다거나 신발에 압정이 들어 있다거나 하는 유치한 짓이 계속되었다. 어린애들의 단순한 따돌림 같아 보이지만, 면도칼에 독이 발라져 있거나 신발 안에 압정이 깔렸거나, 살짝 닿기만 해도 즉사할 것 같은 맹독 전갈이 들어가 있거나 하는 암살을 방불케 하는 사건들이 연일 끊이지 않았다.

"내부자 소행이라며? 우리 기숙사생 아니야?"

"그러면 누군데?"

"지젤…… 아닐까? 못마땅했잖아."

"가문에서 지지하는 황자라며 만약 황제가 되면 지젤이 황후가 될 수도 있는 위친데 설마 그렇게까지야 하겠어?"

이야기는 일파만파로 퍼져 나갔다. 정말 다행인 건 티스의 정체가 누구에게도 알려지지 않았다는 사실이다. 만약 그렇게 되면 가장 먼저 의심받을 건 티스니까.

율케스가 티스의 머리를 붙잡고 지그시 눌렀다. 그리고는 특유의 무뚝뚝한 표정으로 물었다.

"너냐?"

티스가 대답했다.

"나겠냐?"

"그렇군."

티스는 도롱이벌레처럼 침대 시트로 몸을 둘둘 감았다.

"내가 했으면 이보다는 능숙했겠다. 이건 '잘 봐라. 지금부터 널 죽이겠다.'라고 광고하는 꼴밖에 안 되잖아?"

샨이 책을 덮고는 의자에 비스듬히 기댔다.

"그러면 누군데? 내부자의 소행이라며?"

"의심받을 만한 애들이 없어. 기껏해야 1황자가 아닌 다른 황자의 편을 들은 집안 자식들인데, 이쯤 되면 황실 시해죄야. 3대를 멸한다고. 안 걸리면 되는 일이라지만, 이건 대놓고 하고 있어. 머리가 돌지 않고서는 할 짓이 아니야."

샨이 생각에 잠기다가 입을 열었다.

"지젤 바스커빌이 의심받고 있어."

티스가 웃음을 터뜨렸다.

"웃기지. 바스커빌 가문이 왜 그를 죽이려 하겠어?"

"노골적으로 그에 대해 적의를 내보인 건 그녀뿐이니까. 평소에 워낙 자유분방한 성격을 보인 것도 한몫했고."

샨의 말에 티스가 고개를 저었다.

"멍청한 건 군중들이야. 누굴 마녀사냥할지 한번 두고 보자고."

"……."

샨이 대답이 없자 티스가 덧붙였다.

"부탁이니까 제발 이번에는 나설 생각하지 마. 이번에는 나도 율케스도 입장상 그놈을 도와줄 수 없어."

그러나 죽어가는 사람을 놔둘 수는 없지 않은가.

샨은 고개를 저었다.

다음 날도 류인의 코트 속에서 면도날이 쏟아졌다.

마침 속에 반팔 셔츠만 입어 상처가 더 깊은데다가, 설상가상으로 강의를 마치고 뒷정리를 하다가 생긴 일이었다. 주변에 그를 도와줄 사람은 아무도 없었다.

샨이 카이에게 부탁했다.

"카이, 에녹 교수님께 가자."

카이가 뒤로 물러났다.

"싫어."

"뭐?"

카이가 고개를 저었다.

"싫어. 다른 사람 등에 태우고 싶지 않아."

"카이! 명령이야."

시간이 지날 때마다 황자의 얼굴이 흙빛으로 변해갔다. 샨이 소리쳤다.

"시간 없어!"

카이는 못마땅한지 어금니를 따닥 부딪쳤다. 그러더니 결국 마지못해 두 사람을 태워 날아올랐다. 양호실에 도착하니 마침 에녹 교수님이 차를 끓이고 있었다.

"또 왔군."

그는 담배를 재떨이에 비벼 껐다. 샨은 그를 부축해 겨우 침대 위에 올려놨다.

에녹 교수님이 말했다.

"다시 말하지만, 너 그러다 죽는다."

류인은 고개를 저었다.

그는 교수님을 향해 작게 입술을 달싹였다. 에녹 교수님은 이마를 찌푸렸다.

"쓸데없는 고집이군."

그는 샨을 향해 돌아보았다.

"일 끝났으면 나가 봐."

그는 무심한 눈으로 류인을 한 번 내려다보았다. 샨은 교수님께 묵례를 하고 밖으로 나왔다.

밖으로 나가니 카이가 뚱한 표정으로 턱을 괴고 있었다. 샨이 콧잔등을 쓰다듬자 카이가 말했다.

"난 싫어. 마마 말고 다른 사람을 태워야 하는 이유 따윈 모르겠어."

"목숨이 위험한 상황이었잖아."

"애초부터 난 나보다도 약한 마마의 말을 왜 들어야 하는지도 모르겠어!"

카이의 말이 다시 비수가 되어 꽂혔다. 어제오늘 내내 불행한 일만 생겼다. 무엇하나 노력해도 되는 일 같은 건 하나도 없었다. 샨의 인내심도 한계에 다다랐다.

"그래서 카이는 내가 없었으면 좋겠어?"

"나보다도 약한 마마 말 따위 들을 필요도 없어!"

샨은 카이의 배를 힘껏 발로 찼다.

"그래. 가 버려! 나 없어도 된다니 속 시원하네. 가 버리라고!"

그 말에 카이의 눈이 커졌다. 카이는 날개를 펼치며 소리 질렀다.

"미워!"

그렇게 말하고는 멀리 날아가 버렸다. 샨은 눈가를 소매로 닦고는 휑하니 돌아갔다.

두 번 다시 카이 같은 건 꼴도 보기 싫었다.

〈다음 권에 계속〉

외전

럭키 가이

1.

우편 용이 도착했다.

서신을 받아 읽어 보니 북해의 마수 해룡 시서펜트가 다시 출몰했다고 한다. 부디 알테리온가의 사람을 보내달라는 간절한 요청이 담겨 있었다. 장남 리오를 불러다 앉혔다.

“당연히 다녀와야죠, 아버지. 요즘 샨이 또다시 건강이 안 좋던데, 마수의 내단이 하나라도 더 필요하잖아요.”

샨의 나이 이제 일곱 살이다. 병을 달고 사는 건 물론이거니와 이상하게 악재가 겹치곤 한다. 이번에 걸린 폐렴은 시녀가 세탁물을 떠오다 실수로 애한테 엎어 버린 게 화근이었다. 재수가 없었다. 감기로 시작했던 것이 정신 차려 보니 폐렴에 걸려 있었다.

한 술 더 떠서 소아마비까지 오기 시작해서, 의원들까지 고개를 젓는다.

"마음의 준비를 하셔야 합니다."

차남 에론은 자신의 몸을 담보로 황실 종신 계약서에 사인했다. 월급도 괜찮고, 휴가도 제법 주는데다가 무관이 아닌 문관으로 고용된 거지만 평생 제국에 얽매여 산다는 건 말처럼 쉬운 일이 아니다.

그 대가로 황실은 최신 의료 기술들을 샨에게 베풀어 주기로 했다. 당연히 샨은 모르는 일이고 앞으로도 감출 일이다. 집 나간 아르고는 아직도 샨에 대한 원망이 남아 있다. 자기 어미가 요절한 이유가 샨 때문이라고 생각하는 모양이다.

틀린 말은 아니다.

원래라면 지울 아이였다. 그러나 부인은 고집대로 샨을 낳았다.

말보다 주먹이 먼저 나가는 이런 시커먼 집안에 빛이 되라고 '샤인'이라는 이름도 지었다.

"그래 간다고?"

"네, 처치하고 오겠습니다."

"새삼스러운 말이지만 목숨을 걸어야 한다."

"가족을 위해 바치는 거잖습니까. 하나도 아깝지 않습니다."

샨이 아들 중에 어미를 가장 닮았다면 리오는 젊은 때의 자신과 가장 닮아 있었다.

"그래. 각오가 되어 있다니 됐다."

펜을 집어 들고 답장을 써 내려갔다.

오늘은 부인의 묘소에 질 좋은 술이라도 바쳐야겠다.

2.

라이너스 J 알테리온.

네 아들이 태어난 이후 그의 본명이 불릴 일은 별로 없었다. 아버지라든가 아빠라든가, 알테리온 남작이라고도 부르고 그랜드 소드 마스터라고도 부른다. 동대륙에서는 그를 무신이라고 부르기도 했다. 그러나 그의 이름은 라이너스다.

이제는 이 세상에 없는 젊은 날의 친구들은 줄여서 '란'이라고 불렀다.

샨의 어머니이자 그의 부인을 만나기 전까지 바람처럼

구름처럼 떠돌며 하루를 살았다.

그녀를 만난 그때도 그랬다.

"드디어 왕국에 영웅이 왔구려."

아스렌타 왕국은 북해를 낀 대륙 최북단에 위치한 나라다. 일 년의 절반이 겨울이며 백야 현상으로 하루 내내 해가 뜨거나 하루 내내 해가 지는 그런 왕국이다.

신도 버렸다는 이런 동토에 왕국이 들어설 수 있는 이유는 순전히 광물자원이 풍부하기 때문이다. 금과 다이아몬드 광산을 소유하고 있고 심지어 미스릴까지 채굴되기도 한다.

이런 나라의 유일한 골칫거리를 꼽자면 해룡 시서펜트와 왕의 막내딸을 향해 침을 흘리는 각국의 왕자 정도 되겠다.

해룡 시서펜트는 파도를 일으키고 폭풍우를 치는 놈인데, 매년 선남선녀를 놈에게 바치지 않으면 해일을 일으켜 왕국을 쑥대밭으로 만든다. 설령 날짜에 맞춰 바쳐도 선남선녀의 미모가 지신의 마음에 들지 않으면 어김없이 해일을 퍼붓는다.

참 지독한 자식이다.

그리고 다음 골칫거리는…….

"골칫거리일 만하군."

란은 술잔을 비우며 앞을 힐끗 쳐다보았다. 영웅을 초대하는 연회에 남자들만 바글바글하다. 여기에 모인 놈들은 모두 대륙 최고 미녀 라이네르 공주를 노리고 온 구혼자들이다.

재미있게도 그녀의 이름도 줄여서 부르면 '란'이다. 이것도 인연인가 싶지만 안타깝게도 그 당시 여자에게는 관심이 손톱만큼도 없을 때다 보니 심드렁하기만 하다.

왕은 술잔을 계속해서 건넸다. 이렇게까지 해 줬는데 시 서펜트를 잡아오지 않으면 모가지를 비틀 기세다.

"그, 흠…… 정말 잡을 수 있겠나?"

술을 꿀꺽 들이켰다. 북해의 명물 스노우 레드가 후끈하게 위장을 달군다.

"잡아야죠."

"하하하, 그 기세야. 그런 기세야! 공주, 공주는 어디에 있느냐!"

아바마마의 호통에 라이네르 공주가 못이긴 척 연회장으로 들어왔다. 얼굴을 새하얀 베일로 가리고 있어서 보이지 않았다. 술을 따르기가 거추장스러웠는지 그녀가 베일을 걷었다. 눈이 쌓인 동산 같은 희고 보드라운 턱 위로 새빨간 입술이 모습을 드러낸다. 그리고 깃털이 굴러 내려갈 것 같은 콧등을 지나 눈송이가 내려앉을 것 같은 길고 까만 속눈썹이 드러났다.

대륙 최고 미녀가 얼굴을 내밀자 장내가 일제히 조용해졌다.

그녀의 한숨에 구혼자들이 침을 삼켰다.

대형 마수 앞에서도 떨려 본 적 없던 그의 심장이 그녀 앞에서는 이상하게 쿵쾅거리기 시작했다. 그는 침을 목울대로 꿀꺽 삼켰다.

황금색 액체가 술잔에 가득 담긴다. 그녀가 붉은 입술로 미소 지었다. 시간이 멈춘 것 같다.

"드시지요."

목소리조차 감미로웠다.

떨리는 손을 애써 부여잡고 입안으로 흘리려다 그만 술잔을 떨어뜨렸다. 그녀가 미소 지었다.

"긴장하신 모양이십니다. 다시 올려드리지요."

그러나 술잔은 반도 차지 않은 채 또 땅에 떨어졌다. 감히 대륙 최고 미녀의 술잔을 두 번이나 내동댕이친 셈이 되었다. 그녀의 이마에 힘줄이 살짝 돋아났다.

"다시 올려드리겠습니다."

이번에는 떨지 말아야겠다.

란은 두 번, 세 번 다짐했다. 그리고 세 번째 잔에 술이 차려 할 때, 그만 그녀의 가슴골 사이로 술잔을 떨어뜨렸다.

"어, 죄송합……."

술잔을 집는다는 게 그만 그녀의 가슴으로 손이 들어갔다. 대륙 최고 미녀의 가슴을 만졌다는 생각도 찰나, 그녀와 눈이 마주쳤다.

그녀가 방긋 웃었다.

이해해 주나 보다. 다행이다.

함께 방긋 미소 지었다. 그런데 그녀의 주먹이 턱에 작렬했다.

빠아아악!

턱이 돌아갈 정도로 힘이 담겨 있는데다가 더할 나위 없이 깔끔한 펀치다. 대체 이만한 공격을 어째서 대륙 최고 미녀가…… 왜…… 무술과는 100만 년쯤 떨어져 있을 것 같은 사람인데…….

거기까지 생각하고 기절했다.

3.

눈을 뜨니 침대 위였다.

"으아앗!"

아직도 턱이 욱신거렸다. 아무리 술이 떡이 되도록 마신 데다가 방심까지 했다고는 해도 그랜드 소드 마스터다. 아무리 그래도 일반인에게 맞아서 기절할 정도로 맷집이 약한 건 아니었다.

분명히 무예를 익힌 사람의 주먹이었다. 그것도 꾸준히 정해진 시간 동안 단련을 해온 사람만이 뻗을 수 있는 묵직한 펀치다.

"일어나셨어요?"

시녀가 웃음기 섞인 목소리로 들어왔다.

비웃는 게 틀림없다. 아무리 그래도 아녀자의 주먹에 나가떨어지다니.

얼굴이 절로 붉어졌다.

"아, 저어."

입이 안 떨어진다. 그녀가 꿀차를 내려놓았다.

"어제 일은 괜찮아요. 마마께서 워낙 성격이 불같으시거든요."

"네?"

"아, 모르시는군요?"

눈을 동그랗게 뜨고 시녀를 바라보니 그녀는 당황해하고 있었다.

"아, 모르셨구나. 모르셨네. 어쩌지……."

그녀는 시선을 피하며 중얼거렸다.

"무슨 일이죠?"

시녀는 대답하지 않았다.

"벼, 별거 아니에요."

"무슨 일인지 좀 말씀해 주세요. 저 죽고 싶을 만큼 부끄럽거든요? 저 확 목매답니다. 네?"

그녀는 손톱을 깨물고 한참 당황했다.

"저, 저기 이 궁에 있는 사람이라면 그…… 어제 일 그렇게 기억하지는 않을 거예요."

"네?"

"그게…… 그게……."

그녀는 손톱을 피가 날 정도로 씹다가 결국 결심했는지 비장한 표정으로 입을 열었다.

"공주 마마께서는 검의 달인이시거든요."

"그게, 소드 마스터라도 된답니까?"

"아마도요."

이야, 기가 막혀서 말이 안 나온다. 소드 마스터가 무슨 쿠키 만드는 틀로 대량으로 찍어서 파는 것도 아니고, 대륙 통틀어서 열 명 조금 넘는 소드 마스터가 무슨 닭 한 마리 안 잡아 볼 것 같은 공주 마마님이라니.

농담치고는 재미있다.

시녀가 검지로 입술을 꾹 눌렀다.

"쉬잇, 비밀이에요. 우리 마마님 혼삿길 막힌다고요."

"됐네요. 됐습니다. 저 위해서 거짓말해 주시느라 수고하셨습니다."

"정말이라니까요!"

농담이 지나치다.

대륙 최고의 미녀가 되는 것도 억분의 일인데, 그 미녀가 소드 마스터라니.

말이나 되는 확률인가.

분명히 검술 스승에게 칼질 좀 배웠는데 주변에서 소질이 있다느니 검술이 날로 발전한다느니 이런 칭찬에 우쭐해져서 본인이 소드 마스터라고 착각하나 보다. 시녀들은 그걸 믿는 거고.

그런 결론을 내리고는 짐을 쌌다.

"어쨌거나 시서펜트는 잡으러 가겠습니다."

"예, 예에! 아무튼 방금 이야기 소문내지 말아 주세요."

"소문이고 뭐고 그런 뻥을 누가 믿겠어요."

"뻥 아니라니까요!"

"예이, 예이~ 어련하시겠어요?"

시녀는 팔짱을 끼고는 뾰로통한 표정을 지었다.

"역시 안 믿네."

역시 남남북녀라고 대륙 최북단 왕국이다 보니 시녀들도 눈이 돌아갈 만큼 미인들이다. 실크로 짠 것 같은 하늘하늘한 금발 머리카락에 물기 많고 커다란 파란색 눈동자는 사내의 가슴을 녹이기에 충분했다. 거기다가 늘씬한 목선에 부러질 것 같이 가느다란 허리, 그에 비해 살집이 있는 육감적인 허벅지.

피부는 눈결처럼 곱고, 손가락은 길고 섬세하다.

길가에 성냥 파는 소녀도 어지간한 귀족가 아가씨 뺨을 백 대는 후려칠 미모고, 거름 지고 소치고 밭 가는 농부의 딸들도 옷만 입혀 놓으면 엘프가 따로 없다.

거기다 이 나라는 남자가 귀해 합법적으로 일부다처제를 지원하고 있어, 그야말로 사나이가 원하는 꿈의 땅이라고 할 수 있다.

그런 미녀들의 왕국에 라이네르 공주 마마님은 말 그대로 공주, 좀 더 과장해서 미의 여왕으로 군림하고 있다. 그런 하늘 같은 미녀에게 이쪽은 칼 더럽게 잘 쓴다는 거 빼고는 외모도 평범, 키도 평범, 재산도 없는데다 혼기까지 놓친 나이 꽉 찬 노총각이다. 이건 뭐 그냥 길가에 떨어져 있는 돌멩이나 다름없다.

아무리 대륙 최강의 검객이라고 해도, 지금이 어떤 시댄

데 칼 한 자루로 공주와 결혼할까. 그녀 주변에는 커다란 나라의 왕자님 아니면 진짜 왕, 대륙에서 다섯 손가락 안에 드는 대상인 같은 놈들만 득실득실할 텐데 말이다.

작년에는 황제 폐하께서 직접 청혼까지 했단다. 그런데 언감생심 그녀를 노려?

"어림 반푼어치도 없는 소리."

"네, 네에?"

혼잣말에 시녀가 깜짝 놀라 되물었다.

란이 얼굴을 붉혔다.

"아무것도 아닙니다."

요즘 혼자서 수련하는 시간이 너무 길었나 보다. 혼잣말이 늘었다. 요 몇 달 사람 대신 몬스터만 상대하다 보니 괴팍해지나 보다.

란은 시녀의 만류에도 침대 시트를 직접 정리하고는 방금 마신 찻잔마저도 치우기 좋게 가지런히 테이블에 올려놓았다.

"괘, 괜찮아요!"

"여자 몸으로 이 방을 다 치우시려면 힘들잖습니까. 이런 건 힘센 남자가 해드려야죠."

결국 벗어 놓은 가운마저 모로 개 놓고는 그녀에게 인사했다.

"그러면 또 뵙겠습니다. 뭐, 살아서 온다면 말이죠."

"그런 말씀 마세요."

시녀는 얼굴을 붉히며 소맷자락을 붙잡았다. 그러고는 까치발을 들고는 귓가에 수줍게 속삭였다.

"돌아오시면 직접 사과파이를 구워드릴게요."

사과파이 구워준다는 게 뭐 그리 수줍은 일일까? 여자 마음이라는 건 알다가도 모르겠다. 일단 준다니 감사하게 먹는 게 사내의 도리이리라.

"기대하겠습니다!"

우렁찬 인사에 그녀가 현기증을 내며 비틀거린다. 열이 있나 보다. 역시 왕 놈들은 다 나쁜 놈들이다. 이렇게 연약한 여인들에게 힘든 집안일을 시키다니.

시녀분의 허리를 붙잡아 의자에 앉혀 놓고는 속삭였다.

"괜찮아질 때까지 여기서 앉아 계세요. 문 닫고 몰래 나갈 테니까 아무도 모를 거예요."

그 말에 그녀의 얼굴이 더 붉어진다. 큰일이다. 감기가 더 심해지나 보다. 그녀에게 작별 인사를 하고 창문을 훌쩍 넘어갔다. 그녀의 비명이 작게 울렸다. 그도 그럴 게 이 건물은 왕궁, 그것도 5층이나 되는 높이기 때문이다.

그래도 알테리온 산맥의 깎아지르는 절벽에 비한다면야 애교 수준이다.

마치 깃털처럼 조용히 내려앉는다. 그러고는 그녀를 향해 방긋 웃어 주고는 표범처럼 왕성을 훌쩍 달려 나갔다.

왕실에서 경비를 받아 출발해야 하는 게 절차지만 어차피 배고프면 산짐승 잡아다 먹으면 되고, 졸리면 침낭 깔고 자면 된다. 가방 안에는 각종 포션들과 노숙을 위한 준비물들이 가득 들어 있다. 무게만 다 합쳐도 40킬로그램이 훌쩍 넘는데, 여기서 돈 몇 푼 더 받아 봐야 쓸 데가 있나 싶다.

사람이 다니는 길 대신 지름길로 간다고 깎아지르는 산맥을 가로지르다 보니 벌써 날이 져 버렸다.

말이 산맥이지 여기는 대륙 최북단에 365일 만년설이 쌓여 있는 무시무시한 곳이다. 하늘을 바라보니 별이 보이지 않았다. 블리자드가 몰아칠 징조다.

블리자드, 북해의 바닷바람이 산맥을 넘어오며 기온이 영하12도 이하까지 추락한다. 풍속은 초당 14미터, 맹렬한 강풍을 동반하기 때문에 이 안에서 숨을 쉬면 폐가 얼어붙는다. 까딱하면 즉사다.

일단 가보인 알테리온 소드에게는 미안하지만 검으로 눈을 파내려 갔다.

검 자체에 화염 속성이 담겨 있어 눈은 쉽게 녹아내렸다. 마나를 담아 빠르게 굴을 만들고는 안을 단단하게 다졌다. 그리고 들어가 눈으로 입구 표면을 메웠다.

"후, 죽을 뻔했군."

굴 안은 어둡다. 일단 알테리온 소드를 손가락으로 퉁 튕기자 주인의 마음을 읽기라도 하는 듯 보석에 불이 들어왔다.

참 편한 다용도 칼…… 아니 드래곤 슬레이어다.

이제 가방에서 마른 가지와 성냥을 꺼내 불을 붙이면 그럭저럭 하루를 지새울 수 있다. 북극곰 가죽으로 만든 두꺼운 장갑을 벗고 가방 뚜껑을 열었다.

"……."

그러고는 다시 닫았다.

너무 추워서 머리가 이상해졌나 보다. 뭔가 이상한 걸 본 것 같다. 다시 가방 뚜껑을 열었다.

"……."

가방 안에 있는 '그것'이 말했다.

"아, 안녕."

"……."

다시 뚜껑을 닫자 '그것'은 가방을 뚫고 튀어나와 다짜고짜 킥을 날렸다.

"무시하기냐!"

빼억!

턱이 돌아가며 알싸한 고통이 느껴졌다. 아픈 걸 보니 꿈은 아닌 모양이다. 얼마나 일격이 강한지 코피도 났다.

"공주님이 대체 왜 여기 계십니까아!"

그랬다. 가방 안에는 대륙 최고 미녀이자 왕국의 보물이신 라이네르 공주 마마께서 몸을 웅크리고 계셨다. 대체 언제부터 가방에 기어들어간 건지는 둘째치고 이건 납치란 말이다! 시서펜트를 잡기도 전에 왕족납치 및 상해죄로 목이 날아가게 생겼다고!

라이네르 공주는 긴 머리카락을 뒤로 쓸어 올리며 말했다.

"나, 가출했다."

"그걸 몰라서 묻습니까!"

그녀는 손마디를 우두둑 풀며 말했다.

"나 가출했다고."

잘하면 한 대 치겠다. 공주님의 괴력을 이미 맛볼 대로 맛본 터라 고분고분하게 있기로 했다. 일단 밖에 블리자드가 물러나야 왕성에 도로 꽂아 주든 그녀의 주먹을 피해 도망치든 할 게 아닌가.

"후우, 일단 장작을 태우도록 하죠."

그녀가 뺨을 긁적였다.

"없는데?"

"네?"

"내가 들어가기에는 가방이 너무 비좁잖아? 그래서 다 빼 버렸어."

"장작은요?"

"나 돈 챙겨 왔는데?"

"포션은요?"

"돈 많이 가져왔다니까?"

정신이 아득해진다.

여기서 사람 사는 마을까지 적어도 삼 일은 걸린다. 그 안에 장작은 어디서 구할 것이며, 각종 생필품은 어떻게 한단 말인가.

아니, 그전에 당장 이 얼음 구덩이에서 잠시라도 쉬려면 열기가 필요하단 말이다! 용사 소설에서는 아리따운 여자 주인공과 서로 부둥켜안고 추위를 견디지만, 현실은 뺨 맞고 왕족 추행죄로 끌려가기 딱 좋다.

"이러다 우리 얼어 죽어요. 공주 마마."

에잇, 될 대로 되라지. 목숨이 우선인데 까짓 거 왕족 추행죄가 대수냐. 이렇게 된 거 죽부인으로 써 주겠…… 츠읍. 왜 이리 입가에 침이 고이지?

그런데 그녀는 눈을 또랑또랑하게 뜨며 검지를 척 치켜들었다.

"괜찮아."

"네?"

"괜찮아. 어떻게든 될 거야. 난 럭키(Lucky)하거든."

"럭키요?"

"응, 난 행운의 천사니까 어떻게든 될 거야."

행운 같은 소리 하고 있다. 철없는 소리를 들으니 분노가 치밀어 올랐다. 정말 그녀의 입에 재갈을 물려서 꽁꽁 싸매고 확 죽부인으로 삼아 버릴까?

그러나 그녀는 당연하다는 듯 손가락을 까딱까딱하더니만 난데없이 남의 허리춤으로 손을 뻗었다.

"헛, 고, 공주님!"

이렇게 되는 것인가. 이 나이 이때까지 지켜온 나의 순결이…… 하지만 조, 좋은 거 같아. 부, 부디 공주님 살살…….

이다음에 있을 상황을 두려워(?)하며 눈을 질끈 감았다.

스르릉.

스르릉?

이상한 쇳소리에 눈을 떠보니 남의 알테리온 소드를 쥐고 있는 게 아닌가?

"이, 이게 무슨 짓입니까? 아니 그전에 놓으세요. 불꽃이!"

알테리온 소드는 주인을 가린다. 다른 이가 만지면 불꽃을 일으켜 거부한다. 그러나 그녀는 한참 동안 검을 만지작거리더니 방긋 웃었다.

"이야, 따뜻하다. 난로 같아."

"네?"

이노움, 검 자식. 네놈마저도 미모를 따지는 거냐! 그동안 네놈이 숯으로 만들어 버린 도둑놈과 산적놈과 전당포 주인들은 다 어떻게 된 거야!

그녀는 알테리온 소드에 뺨을 비볐다. 하얀 검신이 붉게 빛을 냈다. 마치 그녀의 손길에 부끄러워하는 것만 같았다.

"그거, 주인을 가리는 검인데……."

"알아. 들었어. 유명한 이야기잖아."

"그런데 대체 왜?"

그녀는 당연하다는 듯이 대답했다.

"말했잖아. 난 럭키하다니까?"

"그렇게 말씀하시는 게 어디 있습니까?"

그녀가 당돌하게 말했다.

"흠, 정말 이해하지 못하네. 난 행운이 늘 따라. 대륙 최고의 미모를 타고난 것도 행운이고, 공주로 태어난 것도 행운이잖아. 거기다가 검술에도 천재적이지, 노래도 잘 부른데다 머리도 좋거든."

"공주님 참 잘나셨습니다."

"자랑이 아니야. 내가 태어난 이후로 왕국에 금광이며 미스릴 광산이 줄지어 발견되고 있어. 구혼자들이 보내는 값비싼 선물들은 왕국 보물 창고에 가득 쌓였고, 심지어 늙은이들은 내가 없으면 왕국이 망할 거라고 생각해. 난 행운의 여신이거든."

누구라도 부러워할 이야기다. 그러나 어쩐지 그녀의 목소리에는 씁쓸함이 배어 나왔다.

"왜 그런지는 사실 잘 모르겠어. 신전에서는 신의 축복을 받았다고 하고, 점술가들은 행운의 별 아래에서 태어났대. 그래서 다들 날 좋아해. 내가 가는 곳은 언제나 축복뿐이니까."

"그런 사람이 왜 가출한 겁니까?"

"소중한 게 없으니까."

"네?"

"뭐든지 쉽게 얻고 나면 뭐가 소중한지 알 수 없게 되거든. 한 번쯤은 뭔가 가슴 뛰는 일을 해 보고 싶어."

그 말에 왠지 맥이 빠졌다.

"고생을 안 해 봐서 그러네요."

이쪽이 보기에는 정말 그렇게 보인다. 노력해서 얻은 게 없어서 소중한 것도 없다니. 지나가던 개가 웃을 소리다. 이 철없는 공주님은 그냥 사는 게 무료했던 거다. 뭐든지 쉽고, 뭐든지 잘 풀리니까. 평범한 사람의 노력 같은 건 전혀 모르는 걸 거다. 그러니까 태평하게 가출이나 하고 있고.

"웃기지 마! 그대야말로 내 인생을 알아? 어떻게 살아왔는지 뭐가 하고 싶은지도 모르고 평생 갇혀 지내야 하는 심정을 아냐고!"

그녀는 귀가 빨개지도록 소리 질렀다.

"차라리 나도 내가 뭘 하고 싶은지 알았으면 좋겠어. 원하는 게 하나라도 있었으면 좋겠어. 인생은 하나뿐이잖아, 고작 맛난 거 먹고 예쁜 옷 입는 게 사는 이유라면 그 인생은 얼마나 시시하겠어!"

두통이 밀려온다. 지금 이 순간만큼은 그녀가 더 이상 예뻐 보이지 않는다. 그저 내 삶의 짐덩어리가 늘었을 뿐이다.

당장 블리자드가 그치고 공주님을 보낸다 한들 제 발로 가출했다는 말을 믿을지도 모르겠고, 하다못해 이 사태를 숨기기 위해 살인멸구라도 시도하는 건 아닐까 싶다.

아무리 이쪽이 소드 마스터고 대륙의 검제라 숭배받고 있다고는 하지만, 쾌락 살인자도 아닌데 폐하의 명령도 없이 인간을 죽이는 게 좋을 리가 없다. 게다가 왕국 하나를 적으로 두고서 혼자 살아남을 자신도 없다.

이 망할 공주님이 무슨 인생의 고민이 있으셔서 가출했는지 몰라도 이쪽에게는 민폐다.

"공주님…… 저 정말 힘들거든요? 당장 내일 목숨 걸고 마수 잡으러 가야 해요."

그녀가 눈썹을 찌푸렸다.

"나랑 같이 가면 잘 잡을 거 아냐? 난 럭키하니까."

"아무리 행운이 있으셔도 당장 오늘 밤 먹을 게 없어요. 이런 굴 안에서 어떻게 하실 건데요. 게다가 공주님은 따뜻하실지 모르겠지만, 전 이대로 자면 얼어 죽거든요? 어쩌실 건데요. 책임지실 것도 아니잖아요."

감추려고 했지만 목소리에 자꾸만 짜증과 피로가 묻어나는 건 어쩔 수 없다.

그녀가 볼멘 목소리로 말했다.

"책임질게."

"네?"

"채, 책임지면 되잖아!"

그렇게 말하고는 이쪽으로 다가왔다. 날 잡아 잡슈 하는 자세로 앉아 있지만 상체가 뻣뻣하다. 그만 웃음이 터져 나왔다.

“설마 그…… 용사 소설을 많이 읽으신 건 아니겠죠? 눈 속에서 남녀가 얼어 죽지 않게 껴안고 잔다든가.”

빙고!

그녀의 얼굴이 붉어졌다.

한참 배를 잡고 웃자 그녀가 이쪽을 휙 돌아보더니 내 볼을 꽉 잡아당겼다.

“누, 누, 누, 누, 누, 누가 그랬다는 거야! 나, 나, 나, 난 단지 거, 거, 거, 걱정이 돼서!”

말도 제대로 나오지 않나 보다.

귀엽다. 아아, 제길 왜 이리 귀여운 거냐. 대륙 최고 미녀인데다 귀엽기까지 하니, 사기 아닌가. 내 가슴 속에서 늑대가 처절하게 울부짖고 있다. 만약 내가 동정만 아니었다면, 산속에서 여자 경험 없이 수련만 하다 살아오지 않았더라면 열 번이 아니라 스무 번도 더 짐승이 되었을 거다.

그녀는 가방을 뒤적이더니 호화로운 망토를 꺼냈다.

“이, 이건 내가 입는 거지만, 너 줄게. 덮어.”

그렇게 귀하다는 은 담비로 만든 망토다. 그 망토 챙겨 올 거면 장작이라도 넣어 오지 싶다.

그녀는 이 비싼 걸 옆집 개, 밥 주듯 휙 던진다. 망토를 받아들고는 어깨에 걸쳤다. 따뜻하다.

공주님이 말했다.

"이, 이걸로 쌤쌤친 거다?"

그녀가 올려다본 순간, 그만 이성이 끊겼다. 정신을 차려 보니 그녀의 입술에 내 입술을 겹치고 있었다. 그렇게 참고 참아온 내 안의 늑대님이 크왕 하고 튀어나온 모양이다.

그녀는 주먹을 쳐들었다.

역시나 공주답지 않은 중후한 역전의 용사표 스트레이트 펀치가 날아오겠구나 싶어 눈을 질끈 감았다. 그러나 공격은 없었다.

입술과 입술이 떨어지자 그녀는 주먹 대신 울음을 터뜨렸다.

"야, 야이 미친놈아! 내 첫 키스 물어내!"

내 안의 늑대가 깨갱 하고 꼬리를 내렸다.

나는 날이 새도록, 블리자드가 그치도록 그녀를 향해 사죄의 절을 올렸다.

다음 날, 굴을 나오니 새하얀 설원이 펼쳐졌다.

시계는 아침을 가리키고 있었지만 어째서인지 해가 뜨지 않았다. 그녀가 말했다.

"극야(極夜)야. 해가 뜨지 않고 며칠이나 밤이 지속되지."

낮이 며칠이나 지속되는 백야(白夜)의 반대 현상이다. 해가 뜨지 않으니 바람이 불지 않아도 추웠다.

사냥을 나갔다 오니 그녀는 설원 위에 서 있었다.

그녀만큼이나 아름다운 미스릴 검을 들고, 새카만 밤하늘을 등지고 있었다. 커튼처럼 너울지는 오로라를 바라보며 그녀는 검을 뻗었다.

은빛 검이 새처럼 어둠을 찢었다. 휘어지고 감기기를 반복했다.

검의 대가 알테리온에서 자라온 나지만, 일생토록 이렇게 아름다운 검무(劍舞)를 본 적이 없었다. 검기가 수십 갈래로 흐드러졌다. 소드 마스터의 징표가 나타났다가 사라졌다. 초겨울, 바스러지는 첫눈 같았다.

그녀는 무엇이든 쉽게 얻었다. 행운이 늘 깃들었기 때문이다. 그리고 무엇이든 쉽게 버렸다. 잃어버린 것에 대한 고통을 모르기 때문이다. 무엇이든 재능이 있었고, 하늘은 그녀가 원하는 것은 뭐든지 다 내려준 것 같았다.

생명의 무게도, 살생의 고통도, 죽음에 대한 두려움조차 없는 검이다.

소드 마스터라고는 하지만 결국 껍데기일 뿐이다.

그럼에도 그녀의 검은 시리도록 아름다웠다.

그녀의 검을 보기 전까지 내 삶은 그저 구름 같았다. 돈도 명예도 원하지 않았다. 누군가를 도와줄 때조차 대가를 요구한 적 없었다. 나는 자유로웠고, 딱히 원하는 것도 없었다.

그런 내 인생 처음으로, 간절히 '갖고 싶다'는 감정이 떠올랐다.

어느새 검무를 마무리 지은 그녀가 뒤를 돌아보았다. 그러고는 퉁명스럽게 물었다.

"왜? 성으로 데려다 놓게?"

"아니요."

나는 나도 모르게 그녀를 향해 다가갔다. 그러고는 다시 입술을 겹쳤다. 그녀는 눈을 크게 떴다. 다시 주먹이라도 날릴까 싶었는데, 이윽고 팔을 뻗어 내 목을 껴안았다.

그녀의 얼굴이 붉어졌다.

그녀는 내가 할 말을 먼저 말했다.

"저기……."

"네?"

"우리…… 도망칠래?"

분명히 그녀는 사춘기적인 변덕으로 이런 말을 꺼낸 걸 거다.

진심일 리가 없다. 우리는 고작 만난 지 이틀째이지 않은가. 사랑의 도피는 로맨스 소설에서조차 식상해서 안 다루는 이야기다.

공주님이나 할 수 있는 가장 조악한 상상일게 뻔하다. 그러나 이쪽은 돈이 있는 것도 아니고, 작위가 높은 것도 아니다. 가진 거라고는 검밖에 없다. 이런 공주님이 알테리온가의 생활을 견딜 수 있을지 자신도 없다.

우리 집은 귀족이긴 하지만, 따뜻한 물도 안 나온다. 장작으로 때워서 덥힌다. 가솔 수도 열 명이 안 넘는다.

그녀가 적응한다고 해도 왕국이 허락해 줄 리도 없을뿐더러, 그랬다가는 왕국 기사단을 따돌려 도망쳐야 한다.

미친 짓이다. 미친 짓이어야 했다. 그런데 내 심장은 자꾸만 터질 것처럼 쿵쾅거리고 입은 자꾸만 제멋대로 말한다.

"도망칠래요?"

"나 데리고 도망치는 순간, 넌 내 머슴이야. 평생 노예처럼 날 떠받들고 살아야 해. 그래도 좋아?"

속눈썹을 늘어뜨리며 그녀가 묻는다.

미친 짓이다. 그녀가 지금 이렇게 허락하는 것도 분명히 가출이라는 특수한 상황 때문에 감정이 흔들려서일 거다. 왕국으로 돌아가면 나 같은 남자 따위 거들떠보지도 않을 거다. 나보다 훨씬 돈 많고, 훨씬 지위 높고, 나보다…… 코딱지만큼 더 잘생긴 왕자 놈들이 대머리 독수리마냥 그녀 주변을 빙글빙글 돌 테니까.

이런 도피 놀이도 기껏해야 두 달이 고작일 거다. 그 후에는 질려서 돌아가겠지.

이성은 필사적으로 주인에게 레드카드를 보내고 있었다.

이성과 감정이 한참이나 치고 박았다.

나는 떨리는 목소리로 대답했다.

"시……서펜트!"

"응?"

"마, 만약 그걸 제가 잡는 데 성공한다면 그렇게 해요."

그녀가 방긋 웃었다.

"그거야 당연히 성공할 거야. 난 운이 좋거든."

그녀의 말은 언제나 옳았다.

4.

술잔에서 입술을 뗐다. 그녀의 묘소에 술을 부었다.

지금 생각하면 그녀가 왜 이런 보잘것없는 사내놈에게 반했는지 모르겠다.

세상 모든 걸 다 가졌고, 모든 축복을 거머쥐었다. 그런 그녀가 왜 이런 놈에게 반해서 이런 곳까지 내려왔는지 모르겠다.

일 년이 하루처럼 행복했고, 뼈가 가루가 되도록 그녀에게 할 수 있는 모든 걸 헌신했다. 후회는 없다.

그러나 그런 그녀도 아이를 낳을 때마다 자신의 행운을 떼어 주듯 점점 몸이 나빠져 갔다. 지금도 가끔 생각하곤 한다.

만약 샨이 없었다면, 그 아이를 낳지 않았다면 그녀는 살았을까 하고.

아버지로서는 해서는 안 될 생각이지만, 남편으로서는 결국 하고야 마는 생각이다. 그러나 상상이 되질 않는다. 샨을 포기하는 그녀도 상상되지 않고, 샨이 없는 집안도 상상되지 않는다.

묘비에는 그녀의 마음이 담긴 메시지가 각인되어 있었다.

『라이네르 알테리온, 세상에서 제일 행복한 여인.』

그녀는 죽기 전 묘비에 이렇게 적어 달라고 부탁했다. 그러고는 이런 말을 덧붙였다.

'왕국에 남아 있었다면 여전히 행운이 따랐겠지. 그러나 행복했을지는 모르겠어.'

그 말이 얼마나 구원이 되는지 그녀는 모를 거다.

그녀가 보고 싶다. 그녀의 뒤를 따르고도 싶다. 그러나 그녀는 선물을 남겨 주었다. 리오와 에론과 아르고, 그리고 샨을.

그녀는 없다. 생각할 때마다 가슴이 북받쳐 오른다.

이제 두 번 다시 그때의 그 극야(極夜)의 설원을 바라볼 일은 없으리라고 생각한다. 그러나 한 가지만은 단언할 수 있다.

그녀를 만나 최고로 행복했다고, 그리고 그녀의 아들들이 있어 아직도 행복하다고.

당장 비문을 새긴다면 이렇게 쓸 수 있으리라고.

『라이너스 J 알테리온, 세계 최고의 럭키 가이.』

〈외전 럭키 가이 끝〉

부록

설정집

꽃미남 교수님과 함께하는 인색막장 스토킹! 오늘은 교내 최고의 까탈남, **크롬 마이어하트** 군을 파헤쳐 볼까요?

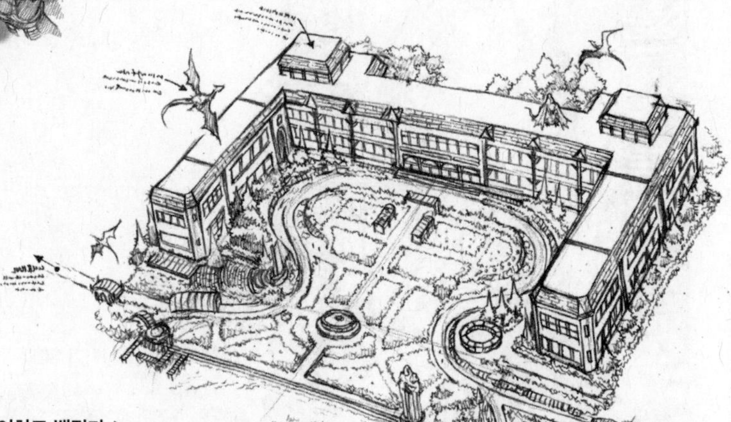

마이어하트 백작가 ▶

유수한 드래곤 나이트 메이지들을 배출한 가문. 한때는 공작가로 불리기도 했으나 스스로 작위를 고사하고 백작가로 머물게 되었지요. 현명한 선택이었습니다. 이듬해 마이어하트가 대신 공작가의 작위를 받은 두 가문이 역적죄로 몰살당했거든요.

이렇듯 뛰어난 정치적 선택을 통해 가문의 역사는 천 년이 넘게 이어졌습니다.

크롬 마이어하트

◀ 크롬(6세)

천 년의 가업을 지키기 위해

마이어하트의 후계자들은 대대로 혹독한 후계자 교육을 받기로 유명합니다. 특히 크롬 마이어하트 군은 가문의 유일한 외동아들. 이번 마이어하트 백작께서는 첩도 들이시지 않은 터라 형제도 없는 외동아들이죠.

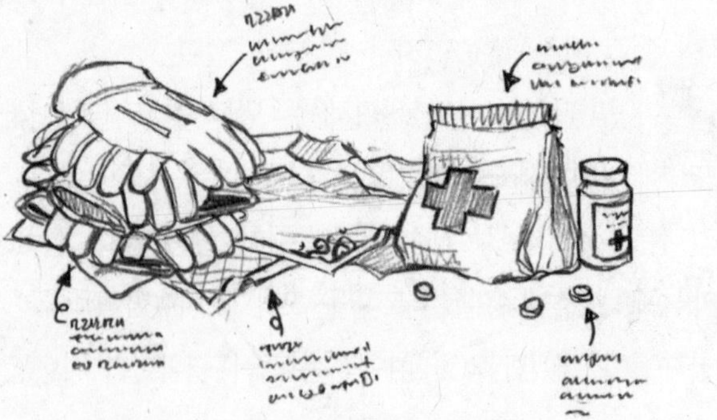

후계자 수업과 과보호가 오가다 보니 극심한 결벽증까지 있으셨다는데요.
불과 3년 전까지만 해도 천식을 앓고 계셨다는군요.

크롬 마이어하트

14세에 네반 마이어 경은 크롬 마이어하트 군의 수호기사로 임명됩니다. 보통 수호기사의 업무는 주군을 수호하는 것까지입니다만, 네반 경의 경우 서류 정리, 청소, 빨래 등. 이건 기사라 쓰고 그냥 하인이라 읽는 불쌍한 인생 여로입니다.

마이어하트 가문 인장

마이어 가문 인장

최근 마피아의 함정에 빠져 혼쭐이 난 크롬 마이어하트 군은 엉망이 된 머리카락을 과감히 잘라 버리고, 최신 유행하는 머리 스타일로 분위기를 바꾸었답니다.

크롬 마이어하트

피곤해서 졸고 있는 크롬 마이어하트 군과 뒤를 묵묵히 보좌하는 네반 마이어 경! 멋진 귀족 외동아들과 하인…… 아니 수호기사!

결벽증도 천식도 극복하고 잘 자란 크롬 마이어하트 군. 크롬 마이어하트 군의 초상화를 단돈 5만 닉스에 판매하고 있습니다!(세트들이 10% 할인) 계절 한정 초상화 구비! 지금 구매하세요!

경영자 크롬

알뜰살뜰 크롬

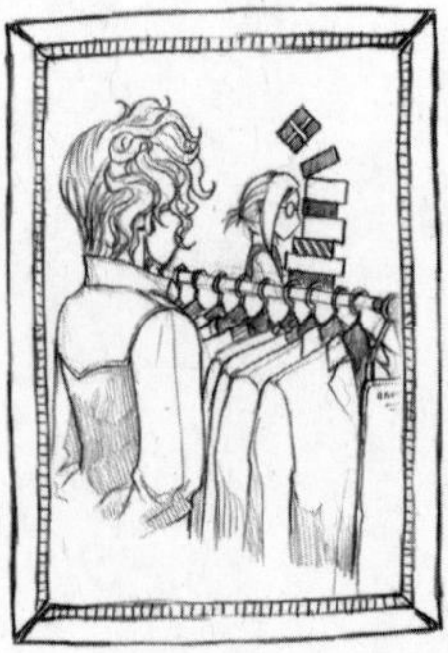

고가패션 종결 크롬

그럼 다음에 봐요~♥

알림 : 수입금 전액은 블랙 타워의 가난한 네크로맨서와 ~~라온 교수님의 간식비~~로 쓰입니다.